도토리 예배당

종지기 아저씨

도토리 예배당 종지기 아저씨

1985년 6월 초판
2007년 9월 신정판 (9쇄)
2019년 6월 12쇄
지은이 · 권정생 ㅣ 펴낸이 · 박현동
펴낸곳 · 성 베네딕도회 왜관수도원 ⓒ 분도출판사
찍은곳 · 분도인쇄소
등록 · 1962년 5월 7일 라15호
04606 서울시 중구 장충단로 188(분도출판사 편집부)
39889 경북 칠곡군 왜관읍 관문로 61(분도인쇄소)
분도출판사 · 전화 02-2266-3605 · 팩스 02-2271-3605
분도인쇄소 · 전화 054-970-2400 · 팩스 054-971-0179
www.bundobook.co.kr

ISBN 978-89-419-0714 5 03810

도토리 예배당

종지기 아저씨

권정생 지음 | 이철수 그림

분도출판사

머리말

도토리 마을에 있는 도토리 예배당은 함석 지붕의 조그만 시골 예배당입니다. 그 예배당 문간방에 아저씨 한 사람이 살고 있었습니다. 더부살이로 살고 있는 아저씨는 예배당 종을 치는 종지기였습니다.

일본의 식민지였던 나라, 그래서 제2차 세계대전에서는 수많은 아들딸들이 끌려가 목숨을 잃은 슬픈 나라, 6·25 전쟁 때는 아버지와 아들이, 형과 아우가 서로 적이 되어 총칼을 휘두르며 온 나라를 잿더미로 만든 바보 같은 나라, 아직도 그 나라는 싸움이 끊이지 않고 있습니다.

이런 나라에 살고 있는 어른들은 늦가을 들판에 남아 있는 허수아비처럼 여기저기 서 있었습니다. 허수아비들은 바람이 부는 대로 춤을 추었습니다. 청승맞게 해해해해 웃으며 바람 부는 대로 헐레헐레 춤을 추고 있었습니다.

　북쪽에서 거센 바람이 불어오면 남쪽으로 기우뚱하고, 남쪽에서 거센 바람이 불면 북쪽으로 기우뚱 흔들렸습니다. '찰리 채플린'이란 광대 아저씨는 "웃지 않으면 미쳐 버릴 것이다."라고 말하면서 바보 같이 웃었지만, 한국의 허수아비들은 벌써 미쳐 버렸기 때문에 해해 해해 웃고 있는 것입니다.

　도토리 예배당의 종지기 아저씨도 그 바보 허수아비들 중의 하나 였습니다. 아저씨는 너무 잘못한 것이 많아서 그런지 수수깡처럼 언 제나 힘이 없었습니다. 마흔 살이 훨씬 넘었는데도 장가도 못 가고, 왜 사는지도 모르게 밥 먹고 똥 누고 해해해 웃으며 혼자 살고 있 었습니다.

　그러나 아저씨는 수수꽃다리가 피는 5월을 사랑했습니다. 감나무 있는 마을에 가을이 오면 자꾸만 푸른 하늘이 되고 싶어 했습니다.

하지만 이 지구라는 땅 위에 평화와 자유가 오지 않아 아저씨는 역시 허수아비가 되어 해해해해 웃으며 바람 부는 대로 춤을 추어야 했습니다.

그런 아저씨에게 왜 쩨쩨하게 밤낮 생쥐하고 토끼하고 참새하고 개구리하고만 얘기하느냐 묻는다면, 아저씨는 이렇게 대답할 것입니다.

"얘기할 사람이 없단다."

1985년 1월, 권정생

차례

장가가던
꿈 이야기

아저씨는 달아나는 생쥐를 꼭 붙잡았습니다. 샛문 아래쪽 구멍으로 빠져나가는 것을 꼬리만 간신히 붙잡은 것입니다.

붙잡은 채 잡아당기니까 한 뼘이나 되게 높은 문지방에서 터덜썩 떨어지며 생쥐는 폴짝폴짝 몸부림을 쳤습니다. 쬐끄만 대가리가 딴딴한 방바닥에 콩당거리며 박힐 때마다 몹시 아플 것을 생각하니 좀 가엾었지만, 아저씨는 꼬리를 잡은 채 놓아 주지 않았습니다.

"그래, 왜 이불에다 오줌을 쌌느냐 말이다!"

"잘못했어요, 아저씨!"

"잘못했다고 하면 다냐? 똥 눈 건 꼬들꼬들 말라서 이불 버리지 않지만 오줌은 이불에 배어 버려 지린내가 난단 말이다."

"쬐끔밖에 누지 않았는 걸 가지고 너무하세요."

"쬐끔 누거나 이불 한 장 흠뻑 싸거나, 한 번 빨기는 마찬가지야. 차라리 흠뻑 많이 눴으면 빠는 보람이라도 있지."

"하지만 요렇게 쬐끄만 게 무슨 수로 그 큰 이불을 흠뻑 적시도록 오줌을 눌 수 있어요?"

"에그, 쬐끄만 게 주둥이만 까져 가지고 꼬박꼬박 말대꾸하는 것 좀 보라지."

아저씨는 엄지와 검지로 꼬랑지를 비틀었습니다.

"아이구 아파라! 아저씨는 흡사 학생 데모 진압하러 나온 기동 부대원 같다."

생쥐가 말했습니다. 아저씨는 찔끔해져서 꽁지 잡은 손을 약간 누그러뜨렸습니다.

"진짜는 아저씨 …."

"뭐 말야?"

"오줌 싼 거, 꿈꾸다가 그랬어요."

생쥐가 꼬랑지를 잡힌 채 아저씨를 쳐다보았습니다.

"무슨 꿈을 꿨다는 거야?"

"아저씨 장가가는 꿈 …."

"머머머, 뭐라구?"

아저씨는 얼굴이 금방 빨개졌습니다. 얼굴뿐만 아니라 팔다리에서 손가락 끝까지 흐늘흐늘 떨고 있었습니다. 그도 그럴 것이 나이 마흔 살이 넘도록 아저씨는 아직 총각이니까 말입니다.

"나, 아저씨 장가가는 꿈 처음 꿨거든요."

"그래, 아저씨 진짜로 장가갔니?"

"꿈에서라니까요."

"그, 글쎄 꿈에서라도 말야."

어느새 아저씨는 꼬리를 붙잡은 손을 놓아 버렸고, 생쥐는 아저씨와 마주 점잖게 앉았습니다.

"아저씨하고 어떤 이쁜 색시하고 팔짱 끼고 결혼 예식장이라는 데서 많은 사람 앞에서 점잖게 혼인식하는 게, 그게 바로 장가가는 것 아녜요?"

"그래, 맞다."

아저씨는 저절로 한숨까지 내쉬었습니다.

"빨갛고 노랗고 파랗고 한 전기 불빛 밑에서 주례자라 하는 사람이 어쩌고저쩌고 한참 말하고 나니까, 피아노가 따앙땅따따앙 하면서 아저씨하고 새색시가 발 맞춰 걸어 나왔어요."

"발이 잘 맞더냐?"

아저씨는 침을 꿀꺽 삼키고 나서 물었습니다.

"잘 맞았어요. 아저씨는 점잖게 걷고 새색시는 이쁘게 사뿐사뿐 걸었고요."

"그래, 마치고 나서 어쨌니?"

"택시 타고 떠났어요."

"택시 타고 어디로?"

"신혼, 신혼여행이라는 걸 하러 떠났대요."

"신혼여행이라고?"

"예, 신혼여행예요."

"신혼여행 가면 돈이 많이 들 텐데 …."

아저씨는 자기도 모르게 울상을 지었습니다.

"돈이 아주 많이 드나요?"

"그래, 엄청나게 많이 든단다."

"……."

"너도 알다시피 아저씬 돈이 없는 가난뱅인걸. 그저께 아랫마을 구멍가게에서 라면 두 봉지 외상 갖고 온 것도 못 갚는 주제에 …."

"하지만 아저씨, 신혼여행은 벌써 떠난 걸 어떡해요."

생쥐도 어느새 걱정스레 아저씨를 쳐다보며 말했습니다.

"그래, 떠난 걸 이제 어쩔 수 없지. 무사히 다녀왔으면 좋겠다."

"정말예요."

"목적지는 어디라던?"

"제주도래요."

"뭐라고? 제주도엔 비행기 타고 가야 하는데 …."

"맞았어요. 택시 타고 조금 가다가 비행기 탔어요."

"아이구! 정말 대단하구나."

"대단했어요. 아저씨가 비행기를 다 타 보고 …."

"멀미가 날 텐데 어쩌나?"

"괜찮았어요. 아저씬 끄떡 않고 잘만 타고 가셨어요."

"그래, 제주도까지 무사히 갔니?"

"무사히 갔어요."

"가서는 어쨌니?"

"포텔인가 보텔인가 하는 델 들어갔어요."

"포텔이 아니고 호텔이 아니니?"

"맞았어요, 호텔예요."

"호텔이라면 집이 층계층계 높을 텐데 …."

"여덟 층이나 됐어요."

"어이구! 그럼 어디만치 높은 데 올라갔니?"

"806호실에 갔으니까 어디쯤예요?"

"806호실이면 제일 꼭대기 아니냐? 엘리베이터 타야 하는데 …."

"맞았어요. 아저씨가 똥그란 단추를 누르니까 쇠문이 옆으로 쫙 열렸어요. 그걸 타고 씽 올라갔어요."

"아저씬 엘리베이터 단추 누를 줄도 모르는데?"

"엘리베이터 단추뿐만 아니라 뭐든지 다 잘 알고 있었어요."

"그래, 806호실 올라가서 어쨌니?"

"방으로 들어갔어요."

"그리고?"

"그러고는 그만 꿈에서 깨 버렸어요."

"뭐라구?"

아저씨의 치켜 올라갔던 어깨가 갑자기 축 처져 버렸습니다.

"좀 더 꾸잖고 고것만으로 깨 버리면 어떡하니?"

"하지만 나도 무척 섭섭했어요. 아저씨한테 미안하고."

"미안하면 다니?!"

아저씨가 꽥 소리를 질렀습니다.

"어머나! 아저씨 화났다."

"화 안 나게 생겼니?"

"그래도 한 5분 동안은 즐거웠잖아요?"

"한 5분간 즐겁게 해 놓고 끝이 나쁜 건 정치 사기꾼이다."

"내가 어디 대통령예요?"

"대통령이 아니니까 참고 있잖니."

"참지 않으면 데모라도 하시겠어요?"

"자꾸 화나게 하지 마. 지금 세상에 데모할 자유는 있니?"

"자유가 없으니까 데모하는 것 아녜요."

"이제 보니 너, 사상이 의심스럽다."

"아이구머니나! 정말 세상 다 됐다."

"엇쭈, 한술 더 뜬다."

"한집안 식구끼리도 못 믿는 세상이잖아요?"

"그게 다 누구 때문이니?"

"가톨릭에서는 모두 자기 탓이라 해요."

"그리고?"

"속인들은 못 되면 부모 탓이라 해요."

"그리고?"

"독재를 하는 건 안보 제일주의로 나가야 하기 때문이래요."

"이래저래 핑계만 댄다 이 말이지?"

"핑계 없는 무덤이 없대요."

"슬프다."

"정말 슬퍼요."

이렇게 되면 얘기는 저절로 끝나게 마련입니다. 생쥐는 가느다란 몇 개의 수염을 쓰다듬으며 자리를 떴습니다.

아저씨도 아침밥을 지어야 하기 때문에 몸을 일으켰습니다.

밖에는 눈이 내리고 있었습니다. 마당 가득 하얀 눈이 덮였고, 지붕에도 나뭇가지에도 울타리에도 눈이 수북이 쌓였습니다. 아저씨는 양동이를 들고 우물로 가려다가 잠시 망설였습니다. 수북이 쌓인 눈을 밟아 버리기가 아까웠습니다.

스무 번쯤 셈을 세는 시간 동안 서 있다가 용기를 내어 터벅터벅 걸었습니다. 찬물을 길어 세수하고 밥도 지었습니다.

빗자루로 눈을 쓸면서, 냄비에 된장을 끓이면서, 아저씨는 생쥐가 얘기하던 꿈 생각을 했습니다.

'내가 장가를 다 가다니 ….'

비쩍 마른 다리가 정정정정거려지며 잠깐 동안 들떴다가 도로 시무룩해졌습니다. 밥 냄비와 된장찌개 냄비, 꼭 두 개를 나란히 놓고 아침밥을 먹었습니다.

숟가락을 놓고서도 아저씨는 한참 동안 아랫목에 그냥 앉아 있었습니다. 눈발 속에서 참새 한 마리가 날아와 바깥 문살에 붙었습니다.

"짹짹짹 ···."

참새는 뚫린 문구멍으로 방 안을 들여다보았습니다.

"종지기 아저씨 혼자 춥겠다."

"문구멍 자꾸 비집고 들여다보지 마. 구멍이 점점 커지면 더 추워지니까."

아저씨가 퉁명스럽게 말했습니다.

"아저씨도 장가갔으면 덜 추울 텐데요."

"놀리지 마. 안 그래도 나 어젯밤 장가갔다."

"정말?"

참새가 깜짝 놀라 자기도 모르게 문구멍으로 모가지를 쑥 디밀었습니다.

"정말이다!"

"아주머니 어딨어요? 보여 주세요."

"진짜는 말이지 …."

아저씨는 우물쭈물했습니다.

"진짜는 말이지 …."

샛문 문구멍에서 생쥐가 내다보며 아저씨 흉내 내듯 말했습니다. 참새 눈과 아저씨 눈이 한꺼번에 생쥐한테로 쏠렸습니다.

"진짜는 말이지, 내가 어젯밤 꿈꿨는데 아저씨 장가갔어. 거짓말 아니다."

생쥐는 자랑투로 말했습니다.

"에그, 꿈꾼 걸 가지고 진짜 장가갔다고 했군요. 해해해 …."

참새가 귀가 따갑도록 웃으면서 포르르 날아갔습니다. 아저씨는 얼굴이 빨개지면서 어쩔 줄을 몰랐습니다. 문을 왈칵 열어젖히면서 참새가 날아간 쪽을 향해 소리쳤습니다.

"참새야, 제발 제발 소문내지 마!"

그러나 참새는 펄펄 내리는 눈보라 속으로 날아가 버리고 보이지 않았습니다. 아저씨는 문을 도로 닫고 힘없이 방바닥에 주저앉았습니다.

"네가 괜히 꿈을 꿔 갖고 망신만 했다."

아저씨가 생쥐한테 투덜거렸습니다.

"아저씨가 입 싸게 가르쳐 줬기 때문에 멋모르고 나도 한마디 한 거예요."

아저씨는 할 말이 없었습니다. 엉덩이를 밍기적거리니까 똥구멍에서 방귀가 "뽕!" 하고 나왔습니다.

개구리 배꼽

밤중에 소나기가 내렸습니다. 문을 활짝 열어 놓고 자던 아저씨가, 몰아치는 비바람이 방 안으로 들어오자 잠결에 일어났습니다. 귀찮아서 잔뜩 찡그리며 열린 문을 쿵덩 닫아 버리고 그대로 또 드러누웠습니다.

드러누워서 막 잠이 들려고 하는데, 갑자기 방 안에서 "웩!" 하는 소리가 났습니다. 깜짝 놀란 아저씨가 벌떡 몸을 일으켰습니다.

"웩!"

"웩!"

"웩!"

소리가 연거푸 났습니다.

아저씨는 손을 더듬거려 성냥을 찾아 호롱불을 켰습니다. 둘레둘

레 살펴보니 방 안 여기저기에 개구리들이 척척 버티고 앉은 모습이 그럴듯했습니다. 아저씨는 벙글 웃음이 나왔습니다.

"뭐야? 동지들 아냐?"

"안녕하셔요? 아저씨 동지."

몸집이 비눗곽만한 개구리가 고개를 꾸벅하면서 인사했습니다.

"'아저씨 동지'는 좀 거북하구나. '아저씨 동무'하고 별로 다를 게 없잖니?"

"정말 그렇군요. 그럼, 동지 아저씨! 됐어요?"

"그래, 그러니까 괜찮군."

아저씨는 아무래도 그놈의 툭 불거진 눈알이랑 번들거리는 등어리가 징그러워 눈을 돌린 채 말했습니다.

"웩!"

"웩!"

"그래, 밤중에 뭣하러 모두 방에 들어왔니?"

아저씨가 물었습니다.

"소나기가 이렇게 퍼붓잖아요. 그래서 동지 아저씨네 방을 좀 빌린 거죠."

"그, 그렇냐. 동지니까 아무나 방을 빌려 줘도 괜찮겠지."

밖에는 여전히 좍좍 비가 쏟아지고 바람이 몰아치자 빗줄기가 후드득 문발을 때렸습니다. 누더기처럼 해진 문구멍으로 빗방울이 방 안으로 쏟아져 들어왔습니다.

개구리들은 신바람이 났는지 소리 맞춰 울기 시작했습니다.

"웩! 웩!"

"웩! 웩!"

"웨애액!"

이건 종지기 아저씨가 지른 소리입니다.

"어머나! 아저씨 왜 그러세요?"

개구리들이 물었습니다.

"동지들이 하도 신나게 울기 때문에 나도 울어 본 거다. 웨애액!"

"웩! 웩!"

"웩! 웩!"

이윽고 소나기가 그치고 책상 위의 사발시계가 네 시에서 울었습니다. 아저씨는 바지를 입고 일어섰습니다.

"동지 아저씨, 종을 치시려고요?"

"그래, 종이라도 쳐야만 속이 후련하겠다."

아저씨가 밖으로 나가려고 하니까 개구리들이 먼저 몸을 움직였습니다.

"그럼, 우리도 나가야겠군요."

개구리들은 오줌을 찍찍 갈기면서 다투어 문밖으로 뛰어나갔습니다.

디딤돌에 놓인 검정 고무신에 빗물이 그득히 들어 있었습니다. 아저씨는 몸을 꾸부리고 고무신을 거꾸로 엎었습니다.

물 묻은 신을 신으니 발이 약간 척척했지만 느낌만은 시원했습니

다. 구름이 걷힌 새벽 하늘에 별들이 초롱초롱 흩어져 있고 바람이 휙 가슴까지 불어왔습니다.

종을 치고는 교회당에 불을 켰습니다.

아저씨는 마룻바닥에 꿇어앉아서 기도를 드렸습니다.

"하느님, 안녕히 주무셨습니까? 밤에는 소나기가 쏟아져 우리 방에 동지들이 여나믄 마리나 들어왔었습니다. 동지라면 잘 모르실 테고 정말은 개구리올시다. 개구리를 동지라 불러도 하느님은 노하지 않으실는지요? 하지만 하느님, 저는 지금 동지들이 아쉽습니다. 동지가 많아야만 통일도 속히 이루어지고, 온 세계는 한 형제가 될 것입니다. 하느님이 지으신 세상에 평화가 이루어지자면 우리는 모두 동지가 되어야 합니다. 개구리는 물론 파리도, 모기도, 미꾸라지도, 메추라기도, 산돼지도, 노루도, 강아지도, 원숭이도, 모두 동지가 되어야 합니다. 하느님의 뜻이라면 저의 기도를 속히 이루어 주십시오 …."

아저씨의 오늘 새벽기도는 하느님도 무슨 말인지 어리둥절할 지경이었습니다.

"… 그러니까 저는 이 세상의 평화를 위해 모든 것을 참습니다. 개구리가 오줌을 방 안에 찍찍 갈겨 놓고 가도 화를 안 냅니다. 곤히 잠들어 쉬고 있는데 '웩! 웩!' 소리 질러 울어도 꾹꾹 참습니다. 저는 동지를 얻기 위해, 이 땅의 평화를 위해, 모든 것을 참습니다 …."

기도를 마친 아저씨가 방에 들어오니까 생쥐가 샛문 문지방에 버티고 앉아 있었습니다.

"아저씨, 오늘은 웬 기도를 그토록 오래 하세요?"

"세계 평화를 위한 기도를 그렇게 얼렁뚱땅 해치울 수 있니?"

"세계 평화를 위한 기도는 전에도 많이 하셨잖아요?"

"오늘은 세계 평화를 위한 특별 기도였거든."

"평화를 위한 기도도 특별이 있고 보통이 있나요?"

"그럼, 있잖고."

"흡사 중국집 짜장면 같다."

"말 조심해! 쪼끄만 게 무섭지도 않니?"

"……."

"그래, 성스러운 기도하고 짜장면하고 어째서 같니?"

"같은 것처럼 말한 건 아저씨 쪽이잖아요?"

"닥쳐!"

"어머나! 무섭다. 하기야 이치에 맞는 말보다 큰소리치는 게 훨씬 유리한 세상이니까요."

"……."

아저씨는 입이 열 개 있어도 말을 못하게 되었습니다. 그래서 몸을 옆으로 흔들거리며, 입을 꾹 다문 채 헛기침만 몇 번이고 하는 것이었습니다.

잠깐 그러고만 있다가 생쥐가 물었습니다.

"아저씨, '동지'란 게 뭐예요?"

"왜? 언제 동지란 말을 들었냐?"

"아까 밤중에 개구리를 보고 '동지들!' 했잖아요?"

"그래, 했다."

"왜, 개구리가 동지예요?"

"나하고 뜻이 맞으니까 동지지."

"그럼 뜻이 맞는 게 동지예요?"

"그렇다."

"개구리하고 아저씨하고 어떻게 뜻이 맞아요?"

"시키는 대로 하지 않으니까 맞지."

"개구리가 무얼 시키는 걸 안 했어요?"

"옛날 얘기에 그런 게 있다. 엄마가 오늘은 추우니까 방에서 놀아라 하면 듣지 않고 밖에서 놀고, 엄마가 또 오늘은 더우니까 밖에 나가 놀아라 하면 반대로 방 안에서 놀았다는 거야."

"엄마 말 듣지 않는 것도 대단한 거예요?"

"대단하고말고지. 우리의 예수님도 어머니 말씀보다 하느님의 뜻대로 하셨거든."

"그럼, 개구리도 하느님의 뜻대로 하느라고 엄마 말을 듣지 않았나요?"

"……."

"밖에서 놀아라면 방에서 놀고, 방에서 놀아라면 밖에서 놀고, 그게 하느님의 뜻예요?"

"왜, 너는 요모조모 재고 따지기만 하니? 어른 말씀이 그렇다면 그런 줄 알지."

아저씨는 애써 부드럽게 말하려 했지만 역시 목에 굵다랗게 핏대가 서 버렸습니다.

생쥐는 포옥 한숨을 쉬었습니다. 그러고는

"나도 동지가 되기 위해 아저씨 말씀 안 듣겠어요. 우격다짐이 판치는 세에상!"

하고는 앞발을 치켜들었다가 팔짝 뛰면서 문지방을 타고 아저씨 부엌살림이 널린 사이로 빠져나가 밖으로 사라졌습니다.

그러고 며칠이 지났습니다.

우물에서 개울까지 터놓은 도랑을 따라 생쥐는 쫄랑쫄랑 뛰어갔습니다. 담장 밑 수챗구멍을 빠져나가면 시원한 개울물이 흐르고 있기 때문에 가끔 놀러 나가는 것입니다.

생쥐는 우물가에서 맛있는 밥풀떼기를 실컷 주워 먹었기 때문에 기분이 참 좋았습니다. 그래서 한참 신나게 쫄랑대며 막 수챗구멍을 빠져나가려 할 때였습니다. 빈틈없이 꽉 차게 쌓아 놓은 블록 담 저쪽에서 개구리 한 마리가 이쪽으로 뛰어오고 있었습니다. 개구리는 수챗구멍을 통해 우물가에 들어와서 윙윙 날아다니는 파리를 잡아먹기 위해서입니다.

생쥐와 개구리가 동시에 달려오다가 수챗구멍 가운데서 맞닥뜨린 것입니다.

아무 생각 없이 앞만 향해 뛰어가던 둘은 갑자기 들이닥친 상대를 피할 사이도 없이 부딪치고는 어찌나 놀랐는지, 돌을 던지면 양쪽으로 뛰어 오르는 물방울처럼 석 자 높이만치 뛰어올랐습니다.

　생쥐는 빨간 배때기가 위쪽으로 향한 채 땅바닥에 처절썩 떨어져 한참 동안 숨소리도 나지 않는 듯하다가 차츰 정신이 들었습니다.

　한 시간 뒤에 생쥐는 기운이 회복되어 쫄랑쫄랑 아저씨한테로 달려갔습니다.

　종지기 아저씨는 마침 빨랫감을 세숫대야에 담아 가루비누를 풀고 삶는 중이었습니다.

　"아저씨, 나 지금 개구리 배때기 봤다!"

　"우리 동지의 배때기를 봤다는 거니?"

　"자꾸 동지 동지 하지 마세요. 안 그래도 개구리란 말만 들어도 속이 부글부글 끓어오르는 걸요."

　"너 이제 보니 개구리한테 질투하고 있구나."

　"속이 부글부글 끓는 게 질투하는 거예요?"

　"그렇잖고."

　"까짓것, 개구리 같은 것 질투 안 해요. 곧 판가름이 날 텐데, 뭐."

　"판가름이라니?"

　"개구리는 동지도 깻묵도 아무것도 아녜요. 배꼽도 없는 게 무슨 동지예요?"

　"배꼽하고 동지하고 무슨 상관이 있니?"

"촌수로 따져 보세요, 맨배때기하고 배꼽 있는 배때기하고 어느 쪽이 가까운가."

"그러니까 개구리는 배꼽이 없어 촌수가 멀다, 이 말이지?"

"촌수가 먼 게 아니라 아예 없는 거죠, 뭐."

"그래, 알았다. 촌수가 가까우니 머니 하면서 따지는 것 난 제일 싫더라."

종지기 아저씨는 잠깐 말을 끊었다가 천천히 말했습니다.

"촌수 따지는 사람치고 도둑놈 아닌 게 없더라. 한자리 해 먹으려 고 사돈 팔촌까지 찾고, 재판 걸어 놓고 이기려고 아저씨 찾아가고 조카 찾아가고, 김씨 · 박씨 · 장씨 끼리끼리 한통속이 되어 파벌 싸 움하고, 흰둥이는 흰둥이끼리 검둥이는 검둥이끼리, 촌수 따지는 것 때문에 사람들 사이가 자꾸 벌어지고 있거든 …."

아저씨는 양말짝을 빨아 꼭꼭 비틀어 짜서는 수수꽃다리나무 가지 에 걸면서 혼자서 부글부글 끓고 있었습니다.

생쥐는 정신없이 아저씨를 쳐다보다가 지껄이기를 그치자 한마디 했습니다.

"그럼, 내 배꼽 소용없게 됐군요?"

"그렇다니까. 역시 난 배꼽이 없어서 촌수도 없는 개구리가 내 동 지다."

마침, 세숫대야에 담긴 빨랫감이 끓기 시작했습니다. 러닝셔츠 하 나와 팬티 하나가 풀풀 비누거품을 내면서 끓어오르는 것을 생쥐가 처마 밑 디딤돌에 올라앉아 보고 있었습니다.

　생쥐가 또 한마디 지껄였습니다.

　"아저씨 팬티가 질투한다!"

친구 사이

개나리 꽃잎이 땅에 떨어지는 날이니까 좀 쓸쓸한 봄날이라고 말할 수 있겠지요. 그런 쓸쓸한 봄날 오후였습니다.

종지기 아저씨는 백 원짜리 동전 네 개를 쓰고 오늘 20킬로미터 바깥의 시내에 갔다 온 것입니다.

낮전에만 해도 포근한 햇빛이 비추던 날씨가 오후부터 구름이 끼고 지금은 빗방울이 솔솔 뿌려지고 있었습니다. 아저씨는 방문 문지방에 걸터앉아 하염없이 앞을 바라보고 있었습니다.

건너편 우물 저쪽에 서 있는 커다란 실버들이 빗속에 파란 가지를 치렁치렁 늘어뜨린 채 다소곳이 점잔을 빼고 있지만 을씨년스럽게도 보였습니다.

십 리 길을 걷고 버스를 타고 나들이를 갔다가 오는 날이면, 아저씨는 가뜩이나 처진 몸이 더더욱 늘어져 버리는 것입니다. 괜히 남이 보는 앞에서는 모가지를 꼿꼿하게 세우고 성큼성큼 걸어가는 척하기 때문에 피곤은 더 많이 찾아들기 마련입니다.

개나리 꽃잎은 빗속에서 나비처럼 사뿐사뿐 떨어져 내렸습니다.

"아저씨, 그러고 앉아 있으니까 흡사 내 사랑스런 친구 같다."

생쥐가 아저씨 궁둥이에서 3미터쯤 떨어진 저쪽에서 종알종알 말했습니다.

"……."

아저씨는 뭐, 들었는지 말았는지 아무 대꾸가 없습니다.

"세상에 덩지 크다고 큰소리치는 시대는 벌써 지나갔다구요."

"……."

"바야흐로 약소국가의 시대로 돌입했음을 최강의 나라 아메리카, 아메리카 합 … 합 … 뭐라더라?"

"합중국!"

아저씨는 이래서 좀 탈인 것입니다. 듬쑥하게 참지 못하고 냉큼 한 마디 지껄여 버렸습니다.

"아저씨, 고맙기도 해라. 내 말 처음부터 듣고 있었다는 것이 증명됐으니까요."

생쥐 꾀에 넘어간 걸 알아차리자 아저씨는 참 창피하다는 생각이 들었습니다. 어른들은 점잖고 생각이 깊어서 웬만한 일에는 흔들리지 말아야 한다는데, 아저씨는 도무지 그게 잘 안 되는 것입니다.

"아저씨, 나하고 꼬리 따기 할래요?"

아저씨는 못 들은 척하려니 점점 더 창피할 것 같아서 대답을 했습니다.

"그래, 하자."

생쥐는 얼른 말머리를 열었습니다.

"저 건너 여엉감."

"나무하러 가세."

"등이 굽어 못 가겠네."

"등 굽은 건 길마가지."

"기르마는 동시루."

"동시루는 껌투."

"껌투는 까마귀."

"까마귀는 너푸지."

"너푸면 무당."

"무당 두들기지."

"두들기면 대장간."

"대장간은 집지."

"집는 건 가재."

"가재는 붉지."

"붉은 건 대추."

"대추는 달지."

"단 건 엿."

"엿은 붙지."

"붙으면 첩."

"내 첩."

"네 첩."

"해해해해해해 ….."

"깔깔깔깔깔깔 …."

생쥐는 어느 틈에 문지방 위 아저씨 곁에 척하니 앉아 있었습니다.

"이러니까 아저씨하고 나하곤 얼마든지 친구 사이가 될 수 있지."

"……."

아저씨는 눈살이 약간 찌푸려졌습니다.

뜨락의 개나리 꽃잎이 빗속에서 여전히 한 잎 두 잎 팔랑팔랑 떨어지고 있습니다.

"한바탕 웃고 나니까 조금은 후련하시죠?"

"그래."

"이렇게 비님이 오시고 개나리꽃이 지는 날, 내가 없으면 아저씬 한없이 처량할 텐데 …."

"……."

"친구 좋은 건 이런 때를 위한 거죠."

"……."

"그런데 아까 말한 아메리카 합 … 합 …."

"합중국!"

"참, 합중국이지. 그 아메리카 합중국하고, 고 쪼끄만 나라하고는 아무래도 친구 사이 같지 않거든요."

"왜 같지 않니?"

"뭐, 친구란 건 우선 대가 없이 주고받아야 하잖아요?"

"그렇겠지."

"좀 자신 있게 대답하세요. 내가 이렇게 아저씨 얘기 친구 되어 준다고 절대로 대가 바라지 않으니까요."

"그래, 맞다."

아저씨 머릿속이 이상하게 뱅글뱅글 돌고 있는 듯했습니다.

"아저씨, 병 주고 약 준다는 말이 무슨 뜻예요?"

"먼저 실컷 괴롭혀 놓고는 나중에 선심 쓰는 척 위하고 어루만져 주는 걸 병 주고 약 준다고 말하는 거야."

"우리 친구 참 똑똑하다!"

"예끼 놈!"

비 덕분에 아저씨는 주먹을 부르쥐지 않아도 참을 수 있었습니다.

정말은 아저씨도 이젠 생쥐랑 같이 말장난을 하고 있는지도 모릅니다. 생쥐도 그걸 눈치챘는지 입 언저리에 난 수염을 앞발로 몇 번 쓸어 주고는 태연하게 앉아 있었습니다.

둘은 잠시 앉아서 비 내리는 바깥을 내다보았습니다. 빗방울이 굵어지고 마당에는 빗물이 괴기 시작했습니다.

처마 밑으로 아직 맨흙바닥 같은 꽃밭에선 원추리랑 상사초의 싹이 제법 파랗게 자라나고 있었습니다.

"아저씨이!"

"너무 간드러지게 부르지 마라. 친구 사이는 점잖아야 한다."

"그럼 아저씻!"

"오냐."

"그런데 친구 사이인 척하면서 …."

"하면서 어쨌단 거야?"

"뭔 말만 꺼내려 하면 가슴이 두근거리고 화나고 슬퍼지고 억울하고, 그래서 말 못해요."

"꽤나 까다로운 친구 사인가 보지."

"벌써 백 년 동안 사귀어 왔다니까 얼마나 시달렸겠어요."

"어느 쪽이 그렇다는 거냐?"

"그거야 쪼끄만 쪽이죠, 뭐."

"그렇다면 '그만 끝!' 할 게지."

"그건 안 된대요."

"왜 안 되냐?"

"그게 알쏭달쏭하거든요."

"분명한 게 없다는 건 나도 안다."

"언제부터 세상이 요 지경이 됐는지 모르겠어요."

"쓸어 덮고 꿰매고 짜깁고 얽어매고 처바르고 가리고 헝클고 …."

"뺑끼 장수 살판났지, 뭐."

"칠장이의 역사, 그게 바로 세계의 역사고 한 나라의 역사고 한 개인의 인간사야."

"나도 진작부터 칠장이 노릇이나 할 걸 그랬죠?"

"그럼 뭐, 넌 진짜 참기름인 줄 아니?"

"맞았어요. 나도 가짜예요. 그러니까 아저씨도 속지 마시라."

"너도 남에게 속지 말지어다!"

"우리 함께 세상 사람들에게 큰 소리로 외쳐요."

"그래, 외치자!"

"한목소리로 …."

""세세상상 사사람람들들아아 이이젠젠 진진짜짜 참참기기름름은은 없없으으니니까까 속속지지 마마시시라라!!""

"덩치가 크고 작으니까 목소리가 일치 안 되는구나."

"그것 보세요. 가짜끼리는 못 맞춰요."

"너하고 나하고도 그러니까, 가짜 사이란 말이지?"

"쥐하고 진짜 친구한다는 건 도둑놈 아니고는 없어요."

"알아줘서 고맙다."

""세세상상 사사람람들들아아 들들쥐쥐하하고고 친친구구라라 하하는는 놈놈은은 들들쥐쥐 할할애애비비다다!!""

"따로따로 해야 알아듣겠어요."

"그래, 따로따로 하자."

"… 하는 놈은 들쥐 할애비다."

"… 하는 놈은 들쥐 할애비다."

"가만 있자 …."

"가만 있자 …."

"다시 하자."

"다시 하자."

"… 하는 놈은 들쥐 손자다!"

"… 하는 놈은 들쥐 손자다!"

"이제 좀 속이 후련하군요."

"나도 후련하다."

빗줄기가 좍좍 쏟아지고 있었습니다. 처마끝의 물방울이 봉당에까지 튀어 올랐습니다.

아저씨는 방 안을 돌아다봤습니다. 사발시계가 저녁 여섯 시를 넘어가고 있었습니다. 저녁밥을 먹어야 할 텐데 일어나기가 잔뜩 귀찮은 것입니다. 어깨 위에 무쇠 덩어리를 천 근이나 만 근쯤 얹어 놓은 것같이 무겁습니다.

한참 만에 아저씨는 어깨에 힘을 꽉 주고 일어섭니다. 이런 때 먹기 쉬운 것은 역시 라면입니다.

아저씨는 둘레둘레 살펴봐도 사다 놓은 라면이 없습니다.

동전 세 개를 가지고 우산을 쓰고 아랫마을 구멍가게로 갔습니다. 버릇이 되어 길에만 나서면 걸음새가 여간 힘차 보이지 않습니다.

라면 세 봉지를 꾸러미에 싸 주는 가게 아주머니에게 건성으로 인사하고 역시 질퍽질퍽 빗길을 걸어서 집으로 옵니다.

연탄불이 빨갛게 살아 있습니다. 아저씨는 아궁이 마개를 뽑고 물냄비를 얹었습니다.

물이 끓을 때까지 라면 봉지를 따 놓고 기다립니다. 세 봉지 가운데 둘은 책상 모서리에 얹어 두고 멀거니 앉아 있는 것입니다.

"아저씨, 가만히 있는 것보다 노래 부르는 게 낫지?"

"……."

아저씨는 대꾸가 없습니다. 생쥐는 샛문 문지방에 고개를 내밀고 쳐다보다가 웅얼웅얼 노래를 불렀습니다.

"우리 어매 날 날 직에
호박나물 자셨던가
담울담울 고생일세

우리 어매 날 날 직에
가지나물 자셨던가
가지가지 고생일세"

물이 끓고 있었습니다. 아저씨는 라면 덩어리를 넣고 좀 더 있다가 조미료 가루를 넣었습니다.

김이 무럭무럭 나는 냄비를 밥상 위에 올려놓자 생쥐가 얼른 말했습니다.

"아저씨, 라면 두어 오라기만 남겼다 주세요."

"그래, 그래."

아저씨는 남기기 전에 잊어버릴까 봐 젓가락으로 기다란 라면 오

라기를 두 개 건져 놓았습니다. 냄비 뚜껑 한쪽에 얹어 윗목에 놓아 두면 생쥐는 밤중이라야 먹기 때문입니다.

비는 계속 내리고 있습니다.

설거지를 끝내고 방 안에 들어오자 아저씨는 무척 기분이 가벼워집니다. 오늘 하루는 끝마쳤다는 편안해진 마음 때문입니다.

맨바닥에 목침을 베고 드러누웠습니다. 비 내리는 날은 밤이 빠르게 깊어지고 더욱 적막합니다.

아저씨는 누운 채 팔을 뻗쳐 작은 책 한 권을 끌어다 펼쳤습니다.

첫쪽을 막 읽어 나가려는데 생쥐가 구석에서 좋알대었습니다.

"아저씨, 인생살이하고 생쥐살이하고 어느 쪽이 더 고달프겠어요?"

"생쥐살이가 더 고달프다고 하면 좋겠니?"

"그런 건 아녜요. 역시 인생살이가 더 고달픈 거 같아요."

"그따위 말 같잖은 소리 하지 마!"

"라면 한 그릇 먹고 큰소리치는 인생살이는 더욱 뻔한 거죠, 뭐."

"그래, 뻔하다. 왜?!"

"힘 빼지 말고 그만 주무세요. 비 내리는 밤, 밖에서는 개나리꽃이 지고 …."

"……."

아저씨는 불을 훅 불어 꺼 버렸습니다.

백 번쯤을 셀 동안 서로 말이 없었습니다. 그러다가 생쥐가 가만히 불렀습니다.

"친구 사이니까 그러는데 … 아저씨이."

"……."

"아저씨 …."

"……."

아직 잠든 건 아닐 텐데, 아저씨는 기척도 않습니다. 생쥐는 벌써 짐작하는 것입니다.

"아저씨, 콧물이나 닦아요."

"……."

캄캄한 밤에 빗소리만 추적추적 들려올 뿐이었습니다.

달구경

빼배땅 기둥시계가 열한 번을 뎅뎅 울렸습니다. 드디어 측백나무 가지에 달빛이 쏟아져 내렸습니다.

"아저씨, 이제 떠나야죠?"

생쥐가 물었습니다.

"떠나든지 말든지, 왜?"

"그냥 한번 물어본 거예요."

생쥐는 코가 따갑도록 울었기 때문에 말이 제대로 잘 되지 않았습니다.

"아무리 그래 봐라. 달구경 가며 생쥐를 다 데리고 가겠는가 ⋯."

"어쩌다가 생쥐는 달구경도 못 가는 하급 신세인고 ⋯."

"시끄러워!"

아저씨는 방문을 쿵덩 닫고는 수수꽃다리나무 밑으로 갔습니다. 거기 큼지막한 고무다라이가 놓였고 그 안에 토끼 두 마리가 들어앉아 기다리고 있었습니다. 토끼하고 아저씨하고 셋이서 그 고무다라이를 타고 달구경을 가기로 했던 것입니다.

"아저씨, 어서 올라타세요."

하얀 달빛을 받아서 토끼의 하얀 털 빛깔이 한층 더 곱게 돋보였습니다.

아저씨는 한쪽 다리를 다라이 안으로 들여놓으려다 말고 방문 쪽으로 돌아다봤습니다. 방문은 아저씨가 쿵덩 닫아 놓은 그대로 움직이지 않고 있었습니다. 아저씨는 돌아선 채 잠시 망설이다가 방문 쪽으로 성큼성큼 갔습니다. 좀 겸연쩍게 문을 열었습니다. 생쥐가 문지방 귀서리에 웅크리고 앉아 있었습니다.

"나와라!"

"안 가요!"

생쥐는 아직도 화가 나 있었습니다.

"왜 안 가니?"

"억지로 따라가 봤댔자 구박할 것 아녜요?"

"구박 안 한다."

"끝까지 민주주의로 대우해 주는 거지요?"

"그래."

생쥐는 뽀르르 아저씨를 따라 밖으로 나왔습니다.

넷은 고무다라이에 오손도손 올라앉았습니다.

달빛이 출렁거렸습니다. 아저씨는 낮에 마련해 뒀던 노를 토끼한테 나눠 주고 아저씨도 하나 가졌습니다. 그러고는 수수꽃다리 가지를 꺾어 조그만 노를 한 개 더 만들었습니다.

"그건 누구꺼예요?"

생쥐가 보고 있다 말고 물었습니다.

"누구껀 누구꺼야, 네꺼지."

"나도 노를 저어야 해요?"

"그럼, 공짜로 가려고 했니?"

"공짜로는 아니지만 이건 동화잖아요?"

"동화니까 노도 안 젓고 그냥 가겠다는 거니?"

"세상 천지 동화 속에 힘들여 노를 저으면서 하늘로 올라가는 애기가 어디 있어요?"

"없으니까 있도록 해야지. 자, 들엇!"

생쥐는 마지못해 조그만 성냥개비 같은 노를 받아 들었습니다.

"진짜 동화는 괴로운 것도 있어야 한다."

아저씨는 다짐을 하듯 말하고는 "이엉차!" 힘껏 노를 저었습니다. 힘껏 저었다지만, 어디 연탄집게 같은 팔로 겨우 춤추듯이 팔을 내저었을 뿐입니다. 두 마리의 토끼도 따라 젓고, 생쥐도 힘껏 저었습니다. 고무다라이가 두둥실 공중으로 떠올랐습니다.

파도가 드세어서 그런지 고무다라이가 기우뚱기우뚱 흔들렸습니다. 흔들리면서 수수꽃다리나무를 벗어나고 아저씨네 집 지붕도 벗어나고 교회당 종각 지붕도 벗어났습니다. 앞산 뒷산이 아래쪽으로 미끄러져 내려가고 훨씬 높은 봉우재 산마루도 아래로 밀려 나갔습니다.

"아저씨, 아무것도 안 보인다."

다라이 안쪽 바닥에서 괜히 노를 젓는다고 낑낑거리면서 생쥐가 말했습니다. 아저씨는 생쥐를 아저씨의 목덜미 아래쪽 어깨에다 올려 주었습니다. 토끼 두 마리가 깔깔대며 웃었습니다.

"언니, 오줌 마렵다."

한참 지나고 나서 꼬마 토끼가 언니 토끼한테 말했습니다.

"여긴 벌써 하늘이야. 하늘에선 방귀도 뀌어선 안 돼."

언니 토끼가 꼬집으면서 말했습니다.

"그럼, 어떡해."

동생 토끼가 울상을 지었습니다. 오줌도 마렵고 똥도 마려워지고 있었기 때문입니다.

"아저씨, 나도 똥 마렵다."

생쥐가 잔뜩 옹크리면서 어깨 위에서 아저씨를 쳐다보았습니다.

"조금만 참아라. 얼른얼른 달구경하고 곧 내려갈 테니까."

그러나 동생 토끼와 생쥐는 열심히 노를 저으면서 마려운 똥과 오줌을 참느라고 낑낑거려야 했습니다. 온통 은빛깔의 아름다운 밤하늘을 구경하면서도 조금도 즐겁지가 않았습니다. 참다 못해 동생 토끼가 투덜거렸습니다.

"똥도 오줌도 못 누는 하늘나라는 진짜 하늘나라가 아니다."

"그거 진짜진짜 바른 말이야."

생쥐도 따라 좋알거렸습니다.

"시끄럽다! 그럼, 하늘나라가 토끼똥이나 쥐똥으로 지저분해져도 괜찮단 말이야?"

아저씨가 기다란 모가지를 쑥 빼며 호통을 쳤습니다. 토끼하고 생쥐하고 한꺼번에 입을 다물었습니다. 잠시 동안 오줌도 마렵지 않고 똥도 마렵지 않았습니다. 넷이서 열심히 노를 저었습니다. 고무다라이는 기우뚱기우뚱 높이높이 떠올라 갔습니다. 달이 점점 커지면서 하늘나라는 잔칫집처럼 흥겨웠습니다. 불꽃놀이를 하듯이 환하게 꽃잎을 뿜어내는 별똥별들이 여기저기서 흩어져 피어났습니다.

"자, 기막히게 아름답지 않니?"

아저씨는 절로 신이 나서 어린애처럼 우쭐대었습니다.

"하지만 아저씨, 오줌이 또 마려워졌어요."

"나도요."

동생 토끼와 생쥐가 발을 동동 굴렀습니다.

"아저씨, 정말은 나도 쉬하고 싶어졌어요."

그때까지 얌전하게 있던 언니 토끼까지 맞장구를 쳤습니다. 아저씨는 더 이상 뭐라고 말할 수 없었습니다. 그때는 벌써 아저씨도 오줌이 잔뜩 마려워져 있었기 때문입니다.

"그럼 우리 단체로 누자."

"단체로 어떻게 눠요?"

"하나 둘 셋 하거든 넷이서 한꺼번에 누는 거다."

"그럼 아저씨도 쉬하는 거예요?"

"그래, 아저씨도 해야지."

"아이구, 아저씨 약았다."

"오줌 누고 싶으니까 단체로 누자고 한다."

어쨌든 넷은 한꺼번에 고무다라이 가장자리에 돌아서서 오줌을 쭈르르 눴습니다. 동생 토끼와 생쥐는 똥도 눴습니다.

"달님이 지린내 구린내 난다 하겠다."

동생 토끼가 걱정스레 말했습니다.

"금방 땅으로 흘러갔을 텐데, 뭐."

아저씨는 좀 켕겼기 때문에 굳이 변명을 했습니다.

"아저씨는 한 바가지나 눴으니까 냄새도 제일 많이 날 거다."

생쥐가 비쭉대었습니다.

"뭐야, 고추도 작은 게 맵단다. 그러니까 똥도 오줌도 쬐끄만 게 제일 냄새 날 게다."

"아이고, 치사해라. 제 버릇 개 못 준다더니, 사람은 역시 사람이구나."

"그래, 사람이 치사하다는 거야?"

"그렇잖고요. 자기 뱃속 컴컴한 건 어쨌든 싸고 처매고 숨기려는 게 아담 때부터 흰둥이든 노란둥이든 수천 년이 지난 지금까지 대대 자자손손 변치 않으니까요."

"요게, 여기가 어딘 줄도 모르고 까부는구나."

"어딘 어디예요. 그야말로 싸움이 없고, 폭력도 없고, 진짜 민주주 의 나라인 하늘나라 아녜요!"

'너, 골로 가고 싶니?' 하면서 생쥐 꼬리를 잡고 태질치려다 말고 아저씨는 얼른 손을 거두었습니다.

"아이구, 캄캄해라. 사람은 역시 어디 있어도 속물이다. 땅에 있으 나 하늘에 있으나 엉큼하다니까."

생쥐는 나중 일이야 어찌 됐든 하고 싶은 소리는 해야 되겠다 싶어 서 줄곧 지껄여 대었습니다.

"… 저 아래 땅을 내려다보니 과연 엉망진창이구나. 큼직큼직한 것들은 모두 엉큼하고 컴컴한데, 반짝반짝 빛나는 건 생쥐처럼 쪼끄 만 것들이라니까. 제발 큰 것들아, 작은 것이라고 마구 짓밟지 말란 말이다. 저기 저기 보라구. 작은 게 얼마나 다부진지 멋지구나. 내방 논인지 안방논인지 얼씨구 절씨구 잘한다. 파리스티나야, 너도 힘내 거라. 이랑이랑아, 너도 잘한다. 벤또나미처럼 아아아 … 그런데 꼬 리안나는 왜 저렇노 왜 저렇노 …."

토끼 형제는 생쥐가 그만 미친 게 아닌가 싶어 조금 걱정스런 눈으 로 보고 있었습니다. 기막히게도 생쥐는 쪼끄만 눈에 눈물까지 글썽 거렸습니다.

"두만강 푸른 물에 다라이 타고 노 젓는 이 내 신세 ….”

“엇쭈, 잘한다. 쯧쯧.”

아저씨가 보다 못해 혀를 찼습니다.

“… 흘러간 그 옛날에 자유를 싣고 떠나간 그대는 어디로 갔소 ….”

“자유가 아니고, 내 님을 싣고다.”

“… 그리운 그대여 자유여, 내 님이여, 그리운 민주주의여, 인권이여 ….”

“생쥐한테 무슨 인권이 있니?”

“아참, 다시 할게요. 그리운 생쥐권이여, 그리운 생쥐님이여, 언제나 오려나, 언제나 오려나 ….”

모두가 노를 젓지도 않고 생쥐만 쳐다보느라고 고무다라이가 흔들흔들 제멋대로 떠다녔습니다. 달빛은 희다 못해 푸르게 쏟아져 내리고 있었습니다.

“과연 하늘나라다. 제멋대로 지껄여도 아무도 잡아가지 않으니 말이다, 그지?”

아저씨는 동생 토끼를 보고 동의를 구했습니다.

“그래요, 생쥐 데려오길 잘했어요.”

동생 토끼는 소근거리듯 작은 소리로 대답했습니다. 그 대답 소리에 생쥐는 우쭐해져서 목소리가 쨍하니 더 높아졌습니다.

“… 임금님 귀는 당나귀 귀! 임금님 귀는 당나귀 귀! 독도는 독도는 우리 땅! 대마도는 대마도는 일본 땅! 아메리카 대륙은 인디언

땅! 지금은 똥구루마 땅! 백두산은 백두산은 우리 산! 금강산도 우리 산! 거기 사는 사람들은 우리 형제 … 아니, 거기 사는 거기 사는 생쥐는 우리 형제들! 우리 핏줄!"

"꼭 위대한 애국애족자 같구나."

"참 그래요."

아저씨하고 토끼하고는 작게 소근거리며 줄곧 생쥐의 넋두리인지 웅변인지에 귀를 기울였습니다.

"… 아아, 가거라 삼팔선! 자나깨나 통일! 생쥐들아! 생쥐들아! 일어나라! 일어나라! 쳐부숴라! 쳐부숴라! 인간들의 힘을! 항거하라, 억압을! 돌격! 입술을 꽉 깨물고 …!"

그러면서 생쥐는 쪼끄만 입을 앙다물었습니다.

한밤중 이불을 뒤집어쓰고 웅크린 채 깊은 잠에 빠졌던 아저씨가 기겁을 했습니다.

"아야야야얏!"

아저씨는 벌떡 일어나 앉았습니다. 때를 같이해서 아래쪽 바짓가랑이 속에서 생쥐가 쪼르르 빠져나가고 있는 것을 느꼈습니다. 아저씨는 이불을 훌렁 걷어붙였습니다. 그러나 생쥐는 벌써 도망쳐 샛문 구멍으로 빠져나가고 있었습니다.

아저씨는 화가 머리 꼭대기까지 치밀었지만 어쩔 수 없었습니다. 찬바람이 스며드는 방 안에서 이불을 쓰지 않으니 금방 덜덜 떨렸습니다. 아저씨는 씨근대며 도로 이불을 뒤집어쓰고 누웠습니다.

화가 좀 가라앉으니까 아래쪽 가랑이 새가 따끔따끔 아팠습니다.

'아이고, 요놈 자식이!'

조금 뒤, 캄캄한 샛문 쪽에서 생쥐가 쫑알거렸습니다.

"아저씨, 나 아주 멋있는 꿈꾸느라 그랬는데 용서해 주세요."

아저씨는 꾹꾹 참았습니다.

"넌 꿈도 잘 꾸는구나."

"아저씨하고 토끼하고 나하고 고무다라이 타고 달구경 갔는데 ….."

"……."

"… 내가 한바탕 연설을 했거든요. 흡사 링컨 대통령 같았을지도 모른다고요."

"그래, 연설을 하면 왜 남의 거기는 깨무는 거얏!"

"……."

"이젠 암만 추워도 이불 속에 안 들여 넣어 줄 테니 봐라!"

생쥐는 어둠 속에서 눈을 찡긋했습니다.

"아저씨, 조용조용 말씀하세요. 누가 들으면 어쩌려고요."

"……."

아저씨는 입을 꾹 다물었습니다.

원수를 사랑하라

"나한테는 왜 원수가 없을까?"

생쥐가 샛문 구멍에다 주둥이만 내놓고 쫑알거렸습니다. 아저씨는
성경책을 읽고 있는 중이었습니다.

"없긴 왜 없어!"

아저씨가 뚝배기 깨지는 소리로 대꾸했습니다.

"어디 있어요? 그게 누구예요?"

생쥐는 구멍에서 쏙 튀어나와 문지방에 버티고 앉았습니다.

"누구긴 누구야, 바로 나다. 왜?!"

"글쎄 … 요 ….."

생쥐는 입을 비쭉대며 비아냥거리듯 말했습니다.

"그럼, 나하고 너하고 원수가 아니란 말이니?"

"……."

"이불에 오줌 싸고 똥 누고, 남이 자는데 얼굴 타 넘어 다니고, 문 구멍 뚫어 놓고, 책 갉아먹고, 아무 데나 깨물고 ….."

"또 없어요?"

"왜 없어! 왜 없어 …!"

"아이구! 원수치고는 고약하다."

"그럼, 원수가 예쁠 수 있니?"

"그러니까 알쏭달쏭하다니까요."

"뭐가 알쏭달쏭하다는 거야?"

"원수란 게 어떤 건지. 예쁜 건지, 고약한 건지 …."

"꼭 생쥐 같은 생각이군."

"꼭 늙은 총각 같은 말을 하는군."

"또 남의 흉내 낸다."

"비슷하면서 뭘 그래요."

"한 마디도 안 진다."

"그것도 비슷해요."

"너하고 나하고 비슷하단 말이지?"

"물으나마나죠, 뭐."

"무더기만 해도 너보다는 백 곱절도 넘는다."

"아이구, 창피해라."

"누가 창피하다는 거야?"

"아저씨 상대방이."

"……."

아저씨는 밥상 (책상 대신 쓰고 있는) 위에다 성경책을 털썩 놓았습니다. 그리고는 일어나 문밖으로 휑하니 나갔습니다.

생쥐는 아저씨 뒤에다 혀를 낼름 내밀었습니다. 그리고는 웅크리고 생각하다 말고 방금 아저씨가 나간 문 쪽으로 뽀르르 기어 나갔습니다. 문에는 구멍이 여기저기 뚫려 있어 언제나 생쥐는 들락날락할 수 있었습니다.

지금도 생쥐는 맨 아래쪽 문구멍으로 머리를 내밀고 밖을 내다보았습니다. 아저씨는 벌써 어디론지 가고 보이지 않았습니다.

'오줌 누러 갔겠지, 뭐.'

생쥐는 문구멍으로 해서 밖으로 나왔습니다. 뚜르르 한 바퀴 살피고 나서 얼른 토끼집 쪽으로 기어갔습니다. 수수꽃다리나무 밑에 사과 궤짝으로 만든 토끼집이 나란히 놓여 있었습니다.

생쥐는 가운데 토끼한테로 갔습니다. 쇠그물 아래쪽에 붙어 앉아 안을 들여다보았습니다.

"토끼야!"

"왜, 뭣하러 왔니?"

토끼는 심드렁하게 그냥 앉아서 물었습니다.

"너하고 나하고 고무다라이 타고 달나라 구경 간 것 아니?"

"모른다. 달나라 구경을 언제 갔단 말이니?"

"접때 내가 꿈을 꿨는데, 너하고 아저씨하고 함께 달나라 구경 갔잖아?"

"네가 꿈에서 달나라 구경 간 걸 내가 어떻게 아니?"

"너하고 나하고 똥도 누고 오줌도 눴는데 왜 모르니?"

"망측해라! 달나라 구경 가서 똥 누고 오줌 누고 했단 말이지?"

"아저씨도 한 바가지나 눴는걸."

"아이구, 그럼 아저씬 엎드려 눈물로 회개해야 한다."

"어째서 엎드려 눈물로 회개하니?"

"거룩한 하늘나라에서 오줌 눴다고 했잖니? 한 바가지나 ….'"

"너하고 나하고 모두 단체로 눴다니까."

"왜 자꾸 나까지 뒤집어씌우려 드니? 난 안 갔는데 …."

"안 가긴 왜 안 갔니? 내가 멋지게 연설하니까, '생쥐 데려오길 잘했다.' 그랬잖니?"

"아이구, 거짓말 자꾸 하면 벌 받는다. 아니?"

생쥐는 아무리 얘기해도 알아듣지 못할 것 같아 그만두었습니다.

"그럼, 달구경 얘기는 그만둘게. 대신 한 가지만 묻자꾸나."

"뭘 또 묻니?"

"네 원수가 누구니?"

"자꾸 화날 소리 하지 마! 난 아무도 미워해 보지 않아서 원수가 없어!"

"그건 잘 모르는 거야. 나도 처음엔 내 원수가 이 세상 천지에 아무도 없는 줄 알았는데 그게 아니더라."

"그럼, 생쥐야, 너한테는 원수가 있단 말이구나."

"그렇지!"

"이 등신아, 원수 있는 게 뭐가 좋아서 나한테까지 자랑하니?"

"왜 자랑을 하면 안 되니? 너도 맹추다. 여기 앉아서 일요일마다 예배당에서 목사님 말씀 듣지 못했니?"

"왜 못 듣니? 너무너무 잘 듣는다, 왜?!"

"그래, 목사님 가라사대 ⋯."

"목사님 가라사대가 아니고 예수님 가라사대다."

"예수님 가라사대, '네 원수를 사랑하라!' 어때? 이래도 원수 있다는 게 자랑거리가 아니니? 아니니?!"

"아이구 숨 막혀라. 그래그래 좋아, 대체 네 원수가 누구니?"

생쥐는 그 물음에 갑자기 가슴이 두근거렸습니다.

"그건 말이지 ⋯."

그러다가는 흘깃 모퉁이 쪽으로 한번 돌아다보았습니다. 어디로 갔는지 아저씨는 여태 돌아오지 않고 있습니다.

"그건 말이지 ⋯. 저쪽 방에 혼자 살고 있는 늙은 총각 아저씨다."

그래 놓고 생쥐는 콧구멍을 발름거렸습니다.

"아저씨가 어째서 원수니?"

"그건 내 말이 아니고, 아저씨가 그러더라. '너하고 나하고 원수다.' 했단 말이다."

"그럼, 아저씬 네가 이뻐서 원수라 했는 줄 아니?"

토끼가 입을 비쭉대었습니다.

"그렇잖으면 왜 원수라 했겠니? 진짜진짜 속으로는 날 이뻐하니까 그랬지."

"아이구, 나도 잘 모르겠다. 원수라는 게 대체 어떤 건지."

토끼는 빨간 눈알을 한 바퀴 굴렸습니다.

"나도 그걸 몰라서 답답하단다. 원수는 미운 건지 고운 건지."

생쥐는 고개를 삐딱하게 젖히고는 얼굴을 찌푸렸습니다.

"우리 손꼽아 보자. 원수라는 게 어떤 게 어떤 게 있는지."

"그래그래."

토끼하고 생쥐가 셈을 세듯 손을 꼽으며 한 가지씩 들먹여 나갔습니다.

"첫째, 원수 마귀가 있고 ⋯."

"둘째, 철천지 원수가 있고 ⋯."

"셋째, 원수놈의 비바람이 있고 ⋯."

"넷째, 원수놈의 삼팔선도 있고 ⋯."

"다섯째, 돈이 원수고 ⋯."

"여섯째, 사는 게 원수고 ⋯."

"일곱째, 맥아더 원수가 있고 ⋯."

"여덟째, 김×× 원수가 있고 ⋯."

"아홉째, 강원수가 있고 ⋯."

"뭐야, 강원수는 이발관집 아들 이름이잖아?"

"아이구 참!"

"그리고, 열째는 어느 어른이 '내 ×지가 원수다.' 그러더라."

"그럼, 열한째는?"

"열한째는, 응 응 응 ….'"

"알았다. '내 집안 식구가 원수다.' 그랬지?"

"그래그래, 맞다. 그러니까 아저씨가 내 원수잖니?"

생쥐는 어깨를 우쭐거렸습니다. 어쩔 수 없이 토끼도 고개를 끄덕였습니다.

"이젠 움직일 수 없는 확신이 섰지?"

"그래그래."

"아이구 구원받았다."

"나는 만 원 받겠다."

생쥐는 돌아서서 쫄랑쫄랑 기어갔습니다.

그런데 등 뒤에서 토끼가 한마디 했습니다.

"하지만 한번 떠보아야지."

"뭘 떠보니?"

생쥐가 멈춰 서서 물었습니다.

"아저씨 마음 말이야. 진짜 원수인지 가짜 원수인지."

"확신이 생겼다니까."

생쥐는 자신 있다는 듯 문구멍으로 뽀르르 들어가서, 어두컴컴한 방구석에서 혼자 눈 감고 생각에 잠겼습니다.

'원수라는 건, 사랑하는 거다. 미워하는 거다. 아이구 답답해라. 확신이 생겼다고 말은 했지만 알쏭달쏭이다. 이 세상에 원수 사랑하는 것 생전에 못 봤으니 말이지. 온 세상이 모두 원수가 되어 싸우고 죽이고, 싸우고 죽이고, 끝없이 쳐들어가고, 짓부수고, 때려 부수고, 왕창 부수고 ….'

생쥐는 그만 머리가 핑핑 아파 왔습니다.

"하느님, 하느님, 우리 아버지 하느님, 하느님이 생쥐 아버지도 되시는지는 모르지만, 대체 원수는 사랑하는 것입니까, 미워하는 것입니까? 예수께서 가라사대 '네 원수를 사랑하라.' 분명히 그렇게 말씀하셨는데, 어찌해서 모두가 원수를 미워합니까, 미워합니까? 하느님, 좀 가르쳐 주십시오. 이랬다저랬다 하지 마시고 한쪽으로만 잘라 말씀하십시오. 뭐, 하느님이 곤란하실 거야 없지 않습니까? 좀 분명하게 대답해 주십시오. 그러면 그렇다, 아니면 아니다, 대장부 하느님이시면 남자답게 담대하십시오. 여자도 '죽으면 죽으리라!' 했는데, 하느님은 맨날 맨날 이랬다저랬다 그러기만 하십니까? 아이구 답답해라 …."

생쥐는 한참 중얼거리다가 고개를 번쩍 들었습니다.

'죽으면 죽으리라 각오하고 오늘 밤 아저씨 마음 떠보기로 최종 결정!'

그리고는 밤이 되기를 손꼽아 기다렸습니다. 왠지 얼굴이 달아오르기도 하고 싸늘하게 차가워지기도 했습니다. 아저씨의 마음을 떠보기 위해 그러저런 생각만 해도 부끄럽고 창피했습니다.

'아니야, 아저씨는 아주 독실한 신자니까 내 확신이 분명할 거야. 만약 그렇지 않으면 아저씨는 사이다 … 가 아니고, 사이다 … 콜라 … 비루 … 맥주? 아이구, 이제 알았다. 사이비 … 그래그래, 사이비 예수꾼이다. 좋다!'

드디어 밤이 되었습니다. 아저씨가 이불 속에 누워서 책을 보다가 졸음이 오는지 읽던 책을 밀어 놓았습니다. 그러고는 불을 훅 꺼 버리고는 옆으로 웅크리고 누웠습니다. 보나마나 눈을 꼭 감고 입을 삐딱하게 조금 벌리고 있으면, 그때는 잠이 든 것이 분명합니다.

생쥐는 아저씨 곁으로 살금살금 다가갔습니다. 숨을 죽이고 가슴을 두근거리며 한 발 한 발 기어가는 것입니다.

'가장 사랑한다는 표시는 그렇게 한다고 했지. 일심동체가 되는 건 그 방법뿐이라더라. 아이구, 가슴이 울렁거려 견딜 수 없구나.'

생쥐는 바로 아저씨 코 밑에까지 다가갔습니다.

잠깐 멈추어 서서는 앞발로 주둥이 옆으로 난 수염을 곱게 쓰다듬었습니다.

'아저씨하고 나하고 원수다. 그러니까 우리는 일심동체가 되어야 한다.'

생쥐는 주둥이를 예쁘게 오므려 가지고 아저씨 입에다 꼭 붙였습니다.

"아이구! 이게 뭐얏!"

깜빡 잠이 들려던 아저씨가 손으로 생쥐를 홱 떠밀었습니다. 생쥐는 바람벽 기둥에 철썩 태질쳐진 채 그만 까무라치고 말았습니다.

아저씨는 야속하게도 본체만체 돌아누워 잠이 들고 말았습니다.

한참 뒤, 생쥐는 정신을 차리고 눈을 떴습니다. 머리 뒤꼭지가 욱신욱신 아팠습니다. 손으로 더듬어 보니 빵그랗게 혹이 솟아나 있었습니다.

생쥐의 두 눈에서 눈물이 쪼르르 흘러내렸습니다. 태어나서 이렇게 서러워 본 적이 없습니다. 자신이 얄미워지고, 모든 게 다 얄미워집니다.

생쥐는 콧물을 훌쩍이고 나서 쫑알거렸습니다.

"모두 모두 거짓말쟁이다. 결국 원수는 미워하는 게 맞다."

그러고는 누구한텐지 모르게 잔뜩 눈을 째리고 노려보았습니다.

평등주의

변소에 다녀온 아저씨 얼굴이 우거지상이 되어 있었습니다. 웃는 건지 우는 건지 화난 건지 알 수가 없었습니다. 생쥐는 멀찌가니, 책을 비뚤비뚤 쌓아 놓은 구석에 숨어서 보고 있었습니다.

'팬티에 똥 쌌나?'

생쥐는 잔뜩 궁금해졌습니다. 아저씨는 방바닥에 털썩 주저앉아서도 우거지상은 여전히 풀리지 않았습니다.

"아저씨, 왜 그래?"

생쥐는 참지 못해 물었습니다.

"똥닦이 말이다 ….."

"똥닦이가 뭔데요?"

"똥 누고 나서 닦는 종이 말이다."

"똥 누고 닦아야 해요?"

"그럼, 너처럼 궁둥이도 안 닦는 줄 아니?"

"그래, 닦는데, 그게 어쨌어요?"

"그게 왜 맨날 한가운데만 쓰이나 하는 거야."

"가운데만 쓰니까 그렇지, 뭐 또 있어요?"

"사람은 말이다 …."

아저씨는 화내지 않고 깊은 생각에 빠져 말씨가 거룩해졌습니다.

"… 사람은 생쥐하고 달라서 말이다 …."

"다른 것 알아요."

"그래서 말이지 …. 조그만 것도 아주 깊이 뜻을 찾으려는 성스러운 데가 있거든."

"그래서요?"

"똥닦이의 의미도 깊이 생각하면 좀 …."

"더듬거리지 말고 빨리 말하세요."

"이런 건 빨리 말하는 게 아니다. 오늘은 좀 천천히 얘기하자."

"그래요, 천천히 하세요."

생쥐는 코가 간지러워 앞발로 두어 번 코를 꾹꾹 눌렀습니다.

"너, '평등'이라는 걸 아니?"

"평등이란, 저어 … 등때기가 편편한 것 아녜요?"

"넌, 거기 책 속에 파묻혀 있으면서 왜 그리도 무식하니?"

"그럼, 평등이란 건 일 등도 아니고 꼴찌도 아니란 말예요?"

"비슷하게 맞다. 평등이란 아래위가 없고, 기울지도 않고, 차별도 없이 고르다는 뜻이다."

오늘따라 아저씨는 말씨가 보들보들했습니다.

"이제 알았다!"

"평등이란 뜻 말이니?"

"아니고, 아저씨 말씨가 왜 보들보들한가 했거든요."

"미안하다, 지난날까지 ···."

"똥닭이 때문에 내가 등수 높아졌다."

"그래, 커다란 발견이지."

"그런데 그 똥닭이는 어찌 됐어요?"

"그 똥닭이가 말이지 ···. 그것 역시 만날 한가운데만 쓰고는 버리거든."

"그럼, 가 쪽도 쓰면 되잖아요?"

"가 쪽은 쓰기가 위태롭단다."

"왜 위태로워요? 가 쪽이 남침이라도 해 오나요?"

"똥닭이가 어디 남북이 갈라졌니?"

"위태롭다니까 그랬잖아요."

"위태로운 건 다 남침으로 돌리니?!"

아저씨 말소리가 좀 높아졌습니다.

"요새, 여기서 저기서 누가 누가 어쨌다 그러면 위태롭다, 위태롭다, 남침! 남침! 그러잖아요?"

"아이구! 이젠 너도 순수해지거라, 좀!"

"그래요, 그럼 똥닭이 가 쪽은 왜 위태로워요?"

"꼭 설명해야 되니?"

"같은 값이면 듣고 싶어요."

"같은 값 아니다. 비싸니까 못 가르쳐 준다!"

"못 가르쳐 줄 걸 왜 말은 꺼냈어요?"

"아이구, 소쿠리테스의 대화도 이만큼은 힘 안 들겠다."

"소쿠리테스가 아니고 소크라테스 아녜요?"

"소쿠리테스나 소크라테스나 같은 거지, 뭐!"

"소쿠리는 똥거름 담는 건데 어째 같아요?!"

"넌, 세계 사상 전집 겨우 껍데기만 봐 놓고 뭘 아는 체하니?"

"해해해해 …."

"웃긴 왜 웃니?"

"세계 사상 전집은 핥아도 보고, 갉아먹어도 봤어요."

"이 똥도둑놈아!"

"드디어 평등이 깨졌다."

아저씨는 주먹으로 방바닥을 내리치고 생쥐는 날 살려라 도망을 쳤습니다.

그날 낮에 생쥐는 지붕 꼭대기에 올라가 있었습니다. 시무나무 가지가 드리워진 지붕 마루턱은 따뜻했습니다.

촉새 한 마리가 시무나무에 날아와 앉았습니다. 가지를 타고 오다가 오도카니 앉은 생쥐를 봤습니다.

"너 왜 거기 앉아 있니?"

촉새가 촉새같이 먼저 말을 걸었습니다.

"나, 도망쳐 나왔단다."

"에그, 쫓겨났구나."

"그래, 너 세상 천지에 똥 누고 궁둥이 닦는 물건이 뭔지 아니?"

"몰라. 그런 물건도 있니?"

"있다. 이 지붕 밑에 그런 게 살고 있단다."

"뭐, 어떻게 생긴 건데, 그게?"

"말라비틀어진 양파같이 생겼는데, 마흔 살도 넘은 총각이야."

"아이구 가엾어라. 마흔 살이 넘도록 결혼도 못했다니, 쯧쯧 …."

"결혼이 다 뭐야, 아직 약혼 한 번도 못해 봤는데 …."

"그럼, 약혼을 한 번 하지, 자꾸자꾸 하니?"

"그러니까 아직 한 번도 못했다고 그랬잖니!"

"조용히 해라, 들을라."

"참 그렇지, 낮말은 새가 듣고 밤말은 쥐가 듣는다는데."

"그렇담 괜찮다."

"왜 괜찮니?"

"새하고 쥐하고 말하는데 누가 또 들을 게 없잖니?"

촉새하고 생쥐는 한 바퀴 둘러보고는 가슴을 쫙 폈습니다.

"그러니까 마음 놓고 흉보자꾸나."

"그놈의 원수 오늘에야 실컷 욕을 해야지."

"그래, 말라비틀어진 양파같이 생겼다니 왜 그렇니?"

"이유가 많대."

"몇 가지나 되니?"

"백 가지도 넘어."

"그게 어떤 건데?"

"역사가 그렇다는 거야."

"……"

"첫째, 압박과 설움에서 36년 …."

"……"

"둘째, 분단 40년 …."

"……"

"그래서 퍼드러진 거야."

"도합 76년 만에 말라빠진 양파처럼 퍼드러졌구나, 쯧쯧."

"팔뚝은 비비 꼬인 오징어 다리 같고 …."

"그리고?"

"옷을 입어서 안 보이니까 그렇지, 등가죽하고 뱃가죽하고 맨날 데이트할 게다."

"안 보이는 데서 하니까 데이트가 아니고 랑데부다."

"맞다, 랑데부다."

둘은 잠깐 멈추고 입의 침을 삼켰습니다.

"그래, 그게 똥 누고 궁둥이를 닦는단 말이지?"

"그렇다니까. 그런 주제에 제가 뭐 인생을 안다고 괴롭다느니 슬프다느니 어쨌다느니 그러거든, 더럽게시리."

"더러우니까 자꾸 닦잖니?"

"맞아, 궁둥이 닦는 것들은 밑이 구리니까 자꾸자꾸 닦는 거야. 이 위선자 같은 두 발로 걷는 짐승아!"

"뭐얏!"

촉새가 꽥 소리를 쳤습니다.

"아이구 참, 너도 두 발로 걷는구나. 다시 할게. 이 치사한 날개도 없이 두 발로 서서 걷는 짐승아! 됐니?"

"됐다."

"그래, 그 짐승이 오늘 아침에 뒷간에 다녀와서 아주 우거지상이 었거든."

"우거지상이 어떤 건데?"

"말라비틀어진 양파하고 비슷한 거야. 쪼그라진 김치 쪼가리상이니까."

"그래, 왜 우거지상이 됐다니?"

"똥닦이 종이가 가운데만 쓰이는 게 언짢대."

"말라비틀어진 양파 같아도 인도주의자구나."

"한국 사람인데 어찌 인도주의자니?"

"아이 참! 인도주의자란 건 나라 이름이 아니고, 흉만네셋트야."

촉새는 말이 잘 안 되어 모가지를 비비 꼬았습니다.

"흉만 네 세트나 된단 말이니?"

"글쎄, 내 입이 뾰족해서 발음이 잘 안 되어 그런데, 그쯤 해 두자. 흉만네셋트인지 휴만니싯또인지."

"그래, 그럭저럭 하자꾸나. 그런데 가 쪽을 사용하려면 위태롭다는 거야."

"그건 맞는 말이다."

"어째서 맞니?"

"가 쪽이야말로 언제나 깨끗하거든. 더러운 건 항상 중앙이야."

"그렇게 말하면, 또 그놈의 말라비틀어진 양파 같은 늙은 총각은 순수하지 못하다 하거든."

"말라비틀어졌으니까 겁이 나는 게지."

"그럴지도 모를 거야. 갈수록 요새 감시가 심하거든."

"그렇지만 가 쪽에다 손대 봐. 가만 안 있을걸."

"참 그렇다!"

"그러니까, 중앙에다 똥 닦는 건 당연하다. 그게 아주 평등이다."

"아이구, 넌 그 말라비틀어진 양파 같은 늙은 총각보다 낫다."

"그러니까 이젠 나보고 천사님이라 불러, 알았어?"

"천사님이라니?"

생쥐는 눈이 똥그래졌습니다.

"하늘을 날아다니니까 천사님 아니고 뭐야."

"참, 그럼 나는 뭐야?"

"넌, 지사님이지."

"월부 책 장수보고 지사님이라 그러던데 ….”

"그건 글자가 좀 틀리다. 그럼 땅사님이라 해라."

"그래, 그게 낫다. 땅사님!"

"이젠 평등주의 됐지?"

"그래그래. 그놈의 밑구멍 닦는 것들은 말만 평등이니 민주니 동등이니 그러지, 내리뭉개고 올라서고 그러거든."

"그래 놓고 뭐, 압박과 설움에서 36년이니 분단 40년이니 한단 말이지."

"참 낯가죽 좋지!"

"우린 어디 그런 역사가 있니? 압박과 설움도 분단도 학급도 부대도 삼태기도 소쿠리도 ….”

"아이구! 그래그래. 그 말라비틀어진 양파 대가리 같은 게 글쎄, 소크라테스를 소쿠리테스라 하잖겠니?"

"무식이 들통났구나."

"아이고, 시원해라."

"이제 됐니?"

"그래. 천사님, 안녕!"

"땅사님, 잘 가."

촉새는 앞산 쪽으로 날아가고, 생쥐는 한 번 길게 기지개를 켜고는 오줌도 누고 똥도 누고 나서 지붕에서 내려왔습니다.

아저씨는 방 안에서 종일 책을 뒤적거리고 있었습니다. 원고지에 뭔가 쓰기도 하고 목을 쑥 빼고 생각에 잠기기도 했습니다.

생쥐는 뭐, 낮에는 아저씨한테 이야기를 붙일 수 없을 것 같았습니다. 역시 저녁에라야 시간이 생길 거라 생각했습니다.

지붕 위에서 실컷 떠들었기 때문에 조금 피곤했습니다. 그래서 라면 상자가 놓인 구석으로 가서 가만히 눈 감고 잠이 들었습니다.

깜빡 깨어 보니 캄캄한 밤이었습니다.

'아이구, 너무 잤다.'

생쥐는 건넌방으로 갔습니다. 아저씨는 아랫목에 앉아서 몸을 흔들흔들하고 있었습니다.

"아저씨."

"왜."

"맹세코 말씀드리겠는데, 오늘 낮에 지붕 위에서 촉새하고 나하고 둘이서 아저씨 흉도 안 보고, 욕도 안 했어요."

"그래, 착하다."

"그런데 촉새가 그러던데 똥닭이 가운데만 쓰이는 게 당연하대요. 중앙은 언제나, 옛날이나 지금이나 항시 더럽대요."

"나도 알았다."

"그러니까 날개 없이 두 발로 걸어 다니는 짐승 … 이 아니고, 사람님들에게 평등주의란 말뿐이지 아예 없대요."

"……."

"평등주의를 몸소 실천하는 것은 천사님들하고 땅사님들뿐이거든요. 그래서 우리는 압박과 설움의 36년도 없었고, 분단 40년도 없고, 도합 76년의 역사가 없어서 말라비틀어진 양파 같은 늙은 총각도 없고 …."

"……."

아저씨 모가지에 핏대가 자꾸 굵어지는 게 보였기 때문에 생쥐는 하던 말을 그쳤습니다.

아저씨는 어지간히 참을성 있게 앉아 있더니 그만 방바닥에 길게 엎드렸습니다. 물론 고개를 반대쪽으로 돌려놓고 아무 일도 없었던 것처럼 있었습니다.

보고 있던 생쥐가 말했습니다.

"아저씨 등때기가 편편해졌다. 그러니까 나도 엎드려야지."

생쥐는 아저씨 옆에 배를 붙이고 나란히 엎드렸습니다. 그러고는 다시 쫑알거리듯 말했습니다.

"양파하고 땅사님하고 이렇게 엎드려 있으니까 완전 평등주의다."

만물의 영장

토끼풀을 비닐 부대(비료를 담았던 부대)에 가득 베어 담고, 종지기 아저씨는 냇가 풀밭에 털썩 앉았습니다. 그만한 노동으로도 아저씨는 몹시 헐떡거리고 있었습니다.

푸른 풀밭에 햇볕은 제법 따뜻했지만 궁둥이가 조금 시렸습니다. 아저씨는 앉아서 하늘을 쳐다보기도 하고, 아래쪽 냇물을 들여다보기도 했습니다.

하늘에는 그리 높지는 않지만 하얀 빛깔의 하루살이들이 기분 좋게 날고 있었습니다. 물속에는 피라미와 납조래기, 붕어 따위의 자질구레한 고기들이 역시 기분 좋게 헤엄치고 있었습니다.

기분 좋은 것을 보고 있으면 보고 있는 사람도 차츰 기분이 좋아지게 마련입니다. 그래서 아저씨도 나른나른 기분이 이상해지기 시작

했습니다.

"아저씨!"

생쥐가 어떻게 거기까지 와서 불렀습니다.

"오냐, 너 어떻게 여기까지 왔니?"

"문구멍으로 빠져나와 가지고, 대문 밑으로 기어 나와서, 달구지 길을 건너서, 사과밭 울타리 사이로 뛰어왔어요."

"아이구, 똑똑하구나."

아저씨는 기분이 좋기 때문에 말씨도 기분 좋게 나왔습니다.

"아저씨, 기분 좋아 보인다."

생쥐가 강아지풀 옆에 옹크리고 앉아서 아저씨를 쳐다보며 말했습니다.

"그럼, 저기 저 봐! 하루살이들이 저렇게 기분 좋게 날고 있잖니?"

"하루살이니까 기분 좋아야지요. 까짓것, 나 같으면 하루밖에 못 산다면 더 신나게 날아다닐 거예요."

"넌 언제 어디서나 칠랑팔랑 주책없이 나불대더라. 하루밖에 못 산다면 그 하루 동안만이라도 인생에 대해 깊이 생각을 해야 하는 거야."

"몇 미터나 깊이 생각하는데요?"

"아이구 또 숨 막힐 소리 한다. 그런 건 어디 몇 미터라고 정해진 게 아니다."

"정하지 않고 어떻게 깊은지 얕은지 알 수 있어요?"

"인생의 깊이는 한이 없단다."

"그러니까 사람들은 믿을 수 없어요."

"……."

"언제나 흐리멍텅한 소리만 하고 분명하지 않잖아요. 한이 없다, 한이 없다, 그래서 끝이 없이 이리 끌고 가고 저리 끌고 가고 시달리게 하는 것 아녜요?"

"내가 언제 이리 끌고 저리 끌고 다니더냐?"

"방금 그러려고 했잖아요?"

"내가 너를 선동했단 말이지?"

"뭐, 깊이 생각하라 했잖아요?"

"그게 어디 이리저리 끌고 가는 짓이니?"

"깊이 생각한다는 건 위험한 거라고요. 그러니까 감시받는 것 아녜요."

"아이고 무서워라!"

"그러니까 하루살이처럼 신나게 놀다 죽는 거죠, 뭐."

아저씨는 풀밭에 아예 죽치고 앉아 모가지를 기다랗게 늘어뜨렸습니다. 그러고는 눈을 끔뻑거리며 한숨을 쉬었습니다. 그러는 아저씨를 생쥐는 눈여겨보고 있었습니다.

그때였습니다. 잔잔한 냇물 속에서 누가 쫑알쫑알 말하는 소리가 났습니다.

"조금 아까 무슨 얘기 했니?"

끔뻑거리던 아저씨 눈하고 생쥐 눈이 한꺼번에 냇물 쪽으로 쏠렸습니다. 냇물 잔잔한 물결 위에 쬐끄만 붕어가 주둥이를 내놓고 종알종알 말하고 있었습니다.

"붕어야, 너도 듣고 있었니?"

생쥐가 얼른 붕어한테 말했습니다.

"그래, 뭐 이리저리 끌고 다닌다 했잖니?"

"아이구 좋아라, 이제 진짜 이야기 상대를 만났다."

생쥐는 물가로 뽀르르 기어갔습니다. 붕어하고 조금이라도 더 가까이서 얘기하고 싶었기 때문입니다.

"저 아저씨, 뭐하는 사람이야?"

붕어가 물었습니다.

"빈둥빈둥 놀고 있어."

생쥐는 심드렁하게 대답했습니다.

"그럼 저기 왜 풀은 한 부대 베어 놓았니?"

"응, 그건 토끼 주려고 벤 거야."

"어머나, 착해라! 토끼한테 풀을 다 베어다 주다니, 너무너무 부지런하구나."

붕어가 아주 감격한 듯이 말했습니다.

"착하다니, 그리고 부지런하다니, 그건 모르는 소리야. 토끼를 예뻐해서 풀을 베어다 주는 줄 아니?"

생쥐는 콧잔등을 얄궂게 주름 지어 가면서 비쭉대었습니다.

"그럼 뭣 땜에 토끼풀 베어다 주니?"

"토끼를 가둬 놓은 거다."

"어머나! 토끼가 강도질했니?"

"아아니."

"그럼, 데모 주동했니?"

"아아니."

"어디 어디 방화 저질렀니?"

"아아니."

"그럼, 불온 책 읽었니?"

"그것도 저것도 아니야."

"그럼 뭐야?"

"잡아먹으려고 가둬 놓은 거다."

"잡아먹을 걸 풀은 왜 베어다 주니?"

"두 발로 걸어 다니고, 똥 누고 똥구멍 닦고, 인생을 깊이 생각하는 그런 물건은 원래 그렇게 하는 거야."

"꼭 무슨 수수께끼같이 말하는구나. 좀 쉽게 가르쳐 줘."

붕어는 물을 한 모금 꼴뜨락 마시고 나서 생쥐를 쳐다보았습니다. 뒤에 앉아 있는 아저씨는 모른 척 밀어 놓고 생쥐하고 붕어는 제멋대로 떠들기 시작했습니다.

"인간이란 물건 말이다."

"응."

"뭐, 다른 말로는 만물의 영장이라나."

"군대 가는 영장 말이니?"

"군대 가는 영장은 입대 영장이고, 이건 천사님하고 땅사님하고, 그리고 너는 물속에 사니까 물사님이겠구나. 그래, 그걸 다 빼놓고 홀로 서서 걸어 다니는 원숭이 손자들 말이다."

"머리가 좀 어지럽지만 이제 알았다. 그래, 그게 토끼를 잡아먹으려고 가둬 놓고 풀을 베다 준단 말이지?"

"그래, 살이 통통해지면 아주 단백질이 풍부해진대."

"원숭이 손자들 참 머리 하난 좋구나."

"너무 비상해서 얼마나 신사적인지 아니?"

"그건 또 뭐야?"

붕어는 눈알이 핑핑 돌고 있는 듯 어지러웠습니다.

"토끼만 가둬 놓고 키우는 게 아니고, 같은 원숭이 손자들끼리 잡아먹으려고 키우고 있거든."

생쥐는 좀 위험스런 말이었기 때문에 목소리가 떨렸습니다.

"원숭이 손자가 원숭이 손자를 잡아먹는단 말이지?"

"그래, 우리(축사)를 지어 놓고 모이를 잔뜩 준비해 두면 원숭이 손자들이 몰려오거든."

"우리가 얼마나 큰데?"

"큰 것도 있고 작은 것도 있고 그래."

"모이는 어떤 건데?"

"새끼하고 큰 놈하고 다르다. 우리도 다르고 모이도 다르고."

"대략 가르쳐 줘."

"먼저 우리부터 할게."

"그래그래."

생쥐는 입술이 말랐기 때문에 혓바닥으로 침을 발랐습니다.

"첫째, 유치원 우리."

"그담엔?"

"그다음엔 국민 우리."

"그담엔?"

"중 우리."

"또?"

"고등 우리."

"그담엔?"

"대 우리."

"그담엔?"

"이것저것 우리."

"그담엔?"

"어어 덜구영!"

"참 신사적이구나."

"그렇지?"

생쥐와 붕어는 잠깐 하던 말을 그치고 뒤에 앉아 있는 아저씨를 돌아보았습니다. 아저씨는 아주 기막히게 울상을 짓고 있었습니다.

"그담에 모이는 어떤 게 있니?"

붕어가 또 물었습니다.

"모이는 아주 중요한 것만 먹인대."

"최고급이니?"

"말로는 그래."

"실지는 안 그렇고?"

"응 응 응 … 잘 모르겠다."

"일급 비밀이니?"

"글쎄다. 몸에 해롭다고 안 주는 게 많거든."

"모이가 그렇게 여러 종류니?"

"만물의 영장이고 원숭이 손자들이니까 모이가 갖가지야."

"그런데 해로운 게 있단 말이지?"

"결국은 잡아먹고 잡아먹히고 하는 거니까 이롭거나 해롭거나 한 게 있겠니?"

"그런데 왜 안 주니?"

"만물의 영장이고, 원숭이 손자이고, 신사적이고, 윤리적이고, 도덕적이고, 목적의식이 있기 때문이래."

"이번 동화는 아주 유식한 말이 총동원되는구나."

"그래, 나도 원숭이 손자하고 살다 보니 유식해져서 그렇다."

붕어하고 생쥐는 아저씨를 흘끔 또 쳐다보았습니다. 아저씨는 금방이라도 울음보가 터질 것 같은 모습이었습니다.

"결국 깊이 생각한다는 게 잡아먹을 궁리만 했구나."

"그래, 결론은 그거다."

"정말 원숭이 손자답다."

"그러니까 우리는 우리답게 살자."

"옳은 말이야. 우리답게 살자."

둘은 하루살이들을 쳐다보았습니다. 하얀 날개를 유유히 움직이며 날아다니는 모습은 아름다웠습니다. 떼 지어 어우러져 위로 아래로 옆으로 움직이는 게 그 어느 춤보다 즐거워 보였습니다.

"붕어야, 우리도 그냥 있지 말고 신나게 춤이나 추자꾸나."

"그래, 우리 동무들하고 같이 춰야지."

"얼씨구 좋다!"

생쥐는 조그만 엉덩이를 흔들었습니다. 붕어는 냇물에서 헤엄치는 고기들을 한데 불러 모았습니다.

"애들아, 저것 봐! 하루살이 춤추는 것처럼 우리도 즐겁게 놀자!"

물속의 고기들이 모두 모여들었습니다. 고기들은 약속이나 한 것처럼 한꺼번에 춤을 추었습니다. 지느러미를 뻗쳤다가 오므렸다가, 꼬리를 흔들며 흥을 돋우었습니다.

"얼씨구 절씨구!"

피라미들은 물 위로 솟구쳐 올랐다가 다시 물속으로 풍덩 들어가기도 했습니다. 그럴 때면 하얀 비늘이 햇빛에 은가락지처럼 반짝거렸습니다.

"아이구 좋다!"

"얼씨구 절씨구!"

물속에서 고기들이 춤추고 풀밭에서 생쥐가 춤추자, 어느새 모여들었는지 풍뎅이랑 땅강아지까지 날아와서 어울렸습니다.

"얼씨구 절씨구!"

"하루가 천 년 같고, 천 년이 하루 같은 세월아 …."

"원숭이 손자들아, 제발 잡아먹을 궁리는 그만두고 사이좋게 사이좋게, 얼씨구, 춤추자!"

물속에서 고기들이 뛰어오르고, 풍뎅이가 날고, 땅강아지가 붕붕거리고, 하루살이들이 어지럽게 어울려 춤추자 물인지 하늘인지 분간을 못했습니다.

종지기 아저씨는 그만 넋이 나간 것처럼 구경을 했습니다. 입가에침이 지르르 흐르더니 어느새 아저씨 양 어깨가 들먹거리기 시작했습니다. 아저씨는 일어나더니 껑충껑충 춤을 추었습니다.

"얼씨구 절씨구!"

뭐, 이젠 아저씨도 인간이고 만물의 영장이고 아무것도 아니었습니다. 한 마리의 하루살이고 풍뎅이고 물고기였습니다.

"얼씨구 절씨구!"

둥둥 날아다니는 구름 같고 무지개 같았습니다.

"아이구! 아저씨 봐라. 바지 벗겨졌다."

생쥐가 소리치는 바람에 아저씨는 정신을 차려 아랫도리를 내려다 보았습니다. 꾀죄죄한 남방 셔츠 밑에 팬티만 입고 경중경중 춤을 추었던 것입니다. 아저씨는 허겁지겁 바지를 주워 입었습니다.

그날 밤, 아저씨는 잠자리에 누워서 훌쩍훌쩍 울고 있었습니다. 생쥐가 가까이 와서 물었습니다.

"아저씨, 또 외로우셔요?"

"그래, 만물의 영장이고 원숭이 손자인 게 슬프고 미안하구나."

"아저씨이 …."

생쥐는 아저씨 겨드랑이에 파고들었습니다. 아저씨는 그냥 울고만 있었습니다.

소쩍새  우는 밤

소쩍새가 울고 있었습니다.

밤 열 시가 넘었으니까 이제쯤 누워서 자야 할 텐데, 아저씨는 벽에 등을 기대고 그냥 앉아 있었습니다.

— 소쩍 소쩍 소쩍 소쩍다 소쩍다 ….

생쥐는 낡은 벽지가 찢어져 그늘진 속에 숨어 있었습니다. 눈을 반짝거리며 아까부터 아저씨 거동만 보는 것입니다.

아저씨는 눈을 감고 있기 때문에 흡사 앉아서 잠든 것처럼 보였습니다. 생쥐는 더 기다리지 못하고 입을 열었습니다.

"아저씨, 열 시가 넘었어요."

"……."

"아직 안 자요?"

"……."

"내가 한 가지 묻고 싶은 게 있는데 가르쳐 주실래요?"

"……."

"일백 주년이란 무슨 말예요?"

줄곧 모른 척 감고 있던 눈을 아저씨는 할 수 없이 떴습니다.

"넌 소쩍새 울음소리도 안 들리니?!"

좀 짜증스럽게 아저씨가 말했습니다.

"소쩍새 소리 같은 거 들으면 괜히 뭔가 그리워지지 않아요? 그러니까 난 용감하게 안 듣는다고요."

"……."

"그러니까 내가 화담花潭 선생을 본받는 것처럼 아저씨도 나를 본받으시라고요."

"……."

아저씨는 배 속이 꾸르륵거리는 것을 억지로 참았습니다.

"대장부 남자라면 요사한 새소리는 귓등으로 흘려버려야 하는 것을 명심하십시오."

"……."

"자, 정신차리고, 일백 주년이란 도대체 뭐예요?"

아저씨는 어쩔 수 없이 대답을 했습니다.

"어디서 들은 소린지 자세히 말해 봐라."

"지난번 일요일에 목사님께서 그랬잖아요. 어쩌고 저쩌고 일백 주

년 기념 어쩌고 저쩌고 … 하던걸요."

"들으려면 자세히 듣는 거지, 왜 그것만 듣는 거야?"

"안 그래도 예배당 안에 들어가고 싶은데, 어디 생쥐를 들여보내 주나요? 그냥 밖에서 가까스로 엿들은걸요."

아저씨는 벽에 기댔던 몸을 바로 고쳐 몸가짐을 정중히했습니다.

"일백 주년이라는 건, 어험 … 그건 태어나서 일백 돌이 되는 해를 일백 주년이라 한다."

"일백 돌이라구요?"

"그래."

"그게 뭘 먹고 그만큼 오래 사나요?"

"뭐라고?"

"태어나서 백 년 동안 살았다면서요?"

"그게 어디 소나 돼진 줄 아니? 뭘 먹었게 …."

"그럼 뭐예요, 그게?"

"한국 기독교 역사가 그렇다는 거다."

"한국 기독교 역사가 그렇다는 거다, 그게 또 뭔데요?"

"왜 또 말 흉내 내니?"

"되풀이해야만 외기 쉽잖아요."

아저씨는 화가 나려는 걸 또 억지로 참았습니다.

"그건 그리스도의 복음이 한국에 들어온 지 일백 년이라는 거다."

"구리수도 복음이 들어왔다구요?"

"말조심해라. 구리수도가 아니고 그리스도다. 생쥐니까 가만두지 큰일난다. 아니? 요 산 너머 예배당 목사님은 그리스도를 그르스도라 했다가 쫓겨난 줄도 모르니?"

아저씨는 아주 정색을 했습니다.

"그럼 그리스도가 제3 공화국보다 더 무섭나요?"

"또 그런 데다 견줄 테니?!"

"그럼, 더 무서운 히틀러 같은 거예요?"

"아이구, 너 심판 때 어쩌려고 그러니?"

"그럼, 더 더 무서운 원자탄 같은 거예요?"

"……"

아저씨는 기가 막히고 코가 막혀서 말이 안 나왔습니다.

"아저씨가 부들부들 떠는 걸 보니까 구리수도인지 그리스도인지가 엄청나게 무서운가 보군요."

생쥐는 덩달아 오들오들 떨리는 것만 같았습니다.

"아이고, 요것아! 그리스도는 무서운 분이 아니고 이 세상에서 가장 인자한 분이시란다."

"인자한 분이 왜 그래요? 용뿔동네 천둥댁은 천둥댁이라 불러도 안 쫓아내잖아요."

"그리스도가 쫓아낸 게 아니고 그리스도를 믿는 사람들이 쫓아낸 거다."

"그럼, 그리스도를 믿는 사람을 조심해야겠네요?"

"… 난 모르겠다. 아이고 가슴이야!"

아저씨는 기다랗게 뻗치고 있던 다리를 마구 버르적거렸습니다. 생쥐는 아저씨 다리 사이에서 뭐가 뭔지 정신이 없었습니다.

'오늘 운수 나쁘다.'

그렇게 생각하면서 버르적거리는 아저씨 다리 사이에 가만히 앉아 있었습니다.

아저씨는 잠시 후 다리를 버르적거리던 짓을 그만두었습니다. 그러더니 아주 엄숙한 표정을 지었습니다.

"정말로 그리스도를 믿는 사람들 무섭기는 무섭다."

"원자탄보다 더 무서워요?"

"원자탄은 한 방으로 죽이는데, 이건 지지고 볶아서 죽였거든."

"아저씨도 접때 고등어 굽고 지지고 했잖아요?"

"아이고, 그런 건 좀 빼놓고 얘기하자."

"그럼, 뭘 지지고 볶았어요?"

"잔 다르크라고 하는 예쁜 처녀를 불에 지져서 죽였다. 아니?"

"그래 먹었나요?"

"먹었으면 그래도 괜찮은데, 먹지도 않고 그냥 구워 죽인 거다."

"가엾어라, 쯧쯧 …."

"참 가엾지."

"그리스도를 믿는 사람들 무섭다."

"그리고 또 있단다."

"이번엔 누굴 구워 죽였나요?"

생쥐는 가슴이 콩콩 뛰었습니다.

"구워 죽인 게 아니고, 갈릴레오라는 사나이를 재판하고 가두고 풀어 주고 가두고, 그러면서 말려 죽였다. 아니?"

아저씨는 말하면서 줄곧 부들부들 떨었습니다.

"그러고 보니 나도 이제야 생각난다."

생쥐는 눈빛이 반짝거렸습니다.

"뭐가 이제야 생각나니?"

"슬피노자라는 철인을 다락방에 평생 가두어 둔 것도 그리스도를 믿는 사람이었잖아요?"

"맞기는 맞다마는 슬피노자가 아니고 스피노자다."

"아이고 한 자 틀렸구나!"

"봐라, 접때 내가 소쿠리테스라 했다고 얼마나 흉봤니? 그래 이제 내가 설욕했지!"

"뭐, 그래 봤자 일 대 일 무승부지 뭐예요."

"앞으로는 내가 완전 선두로 제압하고 말 테니 두고 봐라."

아저씨는 콧구멍을 벌름거렸습니다.

"아이고, 그리스도를 믿는 사람 진짜 악질이다!"

"또 뭔데?"

"이 쪼끄만 생쥐를 상대해서 제압한다니까, 제3 공화국은 '저리 비켜라!'지 뭐예요?"

"아이구 참, 나도 그리스도를 믿는 사람이구나."

"그러니까 '너 자신을 알라' 구요."

"이젠 그런 겉보리 문자 쓰기 없다."

"쩨쩨하기도 해라, 몰리니까 저런 소리 한다. 그것도 제3 공화국이 써먹던 회유책이라구요."

아저씨는 어디 먼 데서 달려온 사람처럼 숨을 헐떡거렸습니다.

그러더니 밖에 나가 물을 한 바가지 퍼 가지고 와서 벌컥벌컥 마셔 댔습니다.

한 바가지 다 마시고는 눈을 부라리며 말했습니다.

"그리스도를 믿는 사람은 뭐 다 악질인 줄 아니?"

"그럼, 착한 사람도 있어요?"

"있고말고. 아까 말한 선교 일백 주년의 역사를 살펴보면 기라성같이 빛나는 사건들을 만든 것이 바로 그리스도를 믿는 사람들이었다."

"기라성이란 뭐예요?"

"곱고 아름다운 별이란 뜻이다."

"그렇게 아름다운 사건을 만들었다구요?"

"그래."

"어떤 거예요?"

"너도 들으면 눈물이 날 게다."

"……."

"대대한민국이 ….."

"대한민국이 아니고 왜 대대한민국예요?"

"그냥 대한민국은 너무 작으니까 대대한민국이라 해야 한다!"

"그럼 대대대한민국이라 하면 더 크잖아요?"

"그래, 진짜는 대대대대대대대대대대한민국이라 해야 격에 맞을 거야."

"아녜요, 대대대대 … 백 번을 해야 해요."

"맞다, 대대대대대대 … 백 번 대대대한민국이 말이다."

"잘 듣고 있어요. 백 번 대대대 … 대한민국이 어쨌는데요?"

"소소소소소일본에게 말이다."

"소소소 몇 번인데요?"

"너무 작으니까 이것도 소소소소 … 백 번으로 하자꾸나."

"아녜요, 그보다 더 작은 소소소 … 천 번 소소소일본이라 해야 격에 맞아요."

"그럼, 소소소소 … 천 번 소소소일본에게 대대대 … 백 번 대대대한민국이 힘으로 하면 소소소소 … 천 번 소소소소일본은 결코 하루 아침 술안주 거리도 안 될 텐데, 너무도 착해서 대대대 … 백 번 대대대한민국이 소소소소 … 천 번 소소소소일본을 받들어 모신 건 너도 알잖니?"

"예, 나도 알아요."

"그런데 그리스도를 믿는 사람들은 더 착하고 겸손해서 그 소소소

소 … 천 번 소소소소일본의 황제를 받들어 모시고, 그 천황의 신을 모신 신사神社를 참배하기 위해, 그리스도를 믿는 사람들이 만장일치로 군말없이 가결해서, 코가 석 자나 땅에 박히도록 엎드려 절했단다."

"아이구, 정말 기라성 같은 사건이군요. 안 울려고 결심을 했는데도 너무도 감격적인 사건이어서 흑흑 … 눈물이 흑흑 … 이렇게 소나기처럼 흐르는군요, 흑흑 …."

"봐라, 이래도 그리스도를 믿는 사람들이 악질이니?"

"아녜요, 절대 흑흑 … 절대 아녜요, 흑흑 … 섬김을 받으러 온 것이 아니라 도리어 남을 섬기기 위해 이 땅에 오신 그리스도의 말씀을 그야말로 500프로나 넘게 실천에 옮겼군요, 흑흑흑 …."

"자, 이걸로 눈물이나 닦고 더 아름다운 사건을 들어 봐라."

아저씨는 바지 호주머니에서 조금 고리타분한 냄새가 나는 손수건을 꺼내어 생쥐에게 건네주었습니다. 생쥐는 손수건을 받아 코에다 대고 냄새를 맡아 보더니 그냥 도로 밀어 놓았습니다.

"아녜요, 이런 눈물은 손수건이 깨끗하더라도 결코 닦아서는 안 되어요. 그냥 한없이 한없이 흘려야만 해요, 흑흑 …."

아저씨는 그러는 생쥐를 잠깐 째려보고 나서는 모른 척 다시 말했습니다.

"이번 사건은 어흠, 대대대 … 백 번 대대대한민국이 소소소 … 천 번 소소소일본을 받들어 모시는 것만으로는 옳지 못하다고 해서, 아주 작은 나라를 두 개나 동시에 받들어 모신 거다."

"아주 작은 나라 두 개라니? 어떤 나란데요?"

"소소소소 … 만 번 소소소미국하고, 소소소 … 만 번 소소소소련
하고 두 개를 받들어 모신 거다. 아니?"

"대대대 백 번 대대대한민국이 소소소소 … 만 번 소소소소미국하
고 소소소소 … 만 번 소소소소소소련하고 두 개를 동시에 받들어 모셨
군요? 정말 대대대 … 백 번 대대대대한민국다운 일예요."

생쥐는 한숨을 쉬었습니다.

"이번에는 받들어 모신 것만이 아니고 이 넓은 대대대 … 백 번 대
대대한민국 땅에서 소소소소 … 만 번 소소소소미국하고 소소소 …
만 번 소소소소련하고 아주 재미있게 한바탕 놀아라고 불장난을 시켰
거든."

"그건 정말 착한 일예요."

"그런데 또 기가 막히게 착한 일은, 그 불장난을 할 때 사람이 다
칠 염려가 있으니까 대대대 … 백 번 대대대대한민국이 대신 놀아 줄
테니 그 조그만 두 나라는 재미있게 구경만 하라고 했단다."

"아이고 참, 대대대 … 백 번 대대대대한민국은 어진 나라군요."

"그래, 소소소소 … 만 번 소소소소미국하고 소소소소 … 만 번 소
소소소소련은 구경만 하고, 대대대 … 백 번 대대대대한민국은 그
한없이 넓은 땅에서 저어기 북쪽 끝에서 이쪽 남쪽 끝까지 왔다 갔다
하면서 불장난을 벌인 거야. 아주 신나게 3년 동안이나 했단다."

"아이고 그렇게나 재미있는 놀음을, 그때 나도 소소소소 … 백 번 소소소소미국 시민이었다면 실컷 구경했을 텐데 …."

생쥐는 무척 아쉽다는 듯 말했습니다.

"그러게나 말이다. 이 지구상에 전무후무한 구경거리였지."

"그래 불장난을 하다가 다친 사람은 없었어요?"

"왜 없었겠니? 전·후반 90분 동안 치르는 축구 경기에서도 부상 자가 나오는데, 3년 동안 벌인 불장난인데 부상자는 으레 나오는 게 정한 이치지. 그러나 대대대 … 백 번 대대대대한민국은 아량이 있 고 용감무쌍함이 넘쳐서 그런 부상쯤은 새발의 피 정도로밖에 안 생 각한단다."

"새발의 피가 뭐예요. 개미발의 피 정도밖에도 안 됐을 텐데요."

"그래 맞다. 그런데도 그 소소소소 … 만 번 소소소소미국에서 공 짜로 구경한 것이 미안하다 해서 오바하고 자루하고 옥수수 가루를 상으로 줬단다."

"그건 너무 분에 넘치는 상예요."

"글쎄 말이다. 그렇지만 그 소소소 … 만 번 소소소소미국에서 주 는 걸 안 받으면 대대대 … 백 번 대대대대한민국이 작은 나라를 무 시하게 되니까 받았지."

"그래, 불장난은 그만하나요?"

"오래 하면 재미없으니까 쉬어서 하자고 지금은 휴식 중이란다."

"축구 시합도 쉬어 가면서 하는데 그것도 쉬는 게 당연해요."

"하지만 그리스도를 믿는 사람들은 잠시도 쉬어서는 안 된단다."

아저씨는 거의 목이 잠긴 소리로 겨우 말했습니다.

"그만하세요. 눈물이 흘러 흘러 강물처럼 흘러요."

"이건 더 중요한 거니까 인내하면서 들어라."

"예, 듣겠어요, 그럼. 흑흑 …."

생쥐는 어쩔 수 없다는 듯 귀를 또 기울였습니다.

"그리스도를 믿는 사람들이, 이번에는 진짜 그리스도를 서로 모시려고 대성전을 짓고 이리저리 끌고 가는 바람에 그리스도가 좀 시달렸대."

"좀 시달리는 건 호강하는 거나 마찬가지예요."

"그렇지. 그리스도의 머리카락을 애기처럼 쓰다듬었는지 머리카락이 다 빠져 버렸대."

"어머나! 얼마나 빠졌대요?"

"어느 날, 머리카락이 하나도 없는 맨대가리 남자가 골목길로 지나가기에 어떤 아주머니가 '스님!' 하고 불렀더니 '나는 중이 아니고 그리스도요.' 하더래."

"얼마나 많은 사람들로부터 사랑을 받았기에 머리카락이 다 빠졌을까?"

"그러니까 그리스도를 믿는 사람들 말할 수 없이 착하지."

"정말 기라성 같은 사건들로 점철된 선교 일백 주년이군요."

"그러니까 대대적으로 기념행사를 해야지 않겠니?"

"아아! 감격에 감격에 못 이겨서 혈서라도 쓰고 싶은 기독교 백 년 사여! 이 아름다운 역사를 흑흑 … 아아! 아저씨 … 흑흑 ….."

생쥐는 눈물·콧물을 자꾸자꾸 훌쩍거렸습니다.

"그것 봐라. 내가 소쩍새 울음소리 듣고 있는 걸 가만 보고만 있었어도 이렇게 슬프지는 않잖니 … 흑흑 …."

"정말 후회막심이군요, 흑흑 …."

"그러니까 이제 그만하고 조용히 다시 소쩍새 울음소리나 듣자꾸나."

"그렇게 해요."

둘은 눈물·콧물을 훔치고 나서 가만히 눈을 감았습니다.

밖에서 다시 소쩍새 소리가 구슬프게 들려왔습니다.

— 소쩍 소쩍 소쩍다 소쩍다 ….

책상 위의 사발시계는 벌써 열두 시가 지나고 있었습니다. 아저씨는 너무 고단해서 더 버티고 앉아 있지 못하고 옆으로 쓰러지듯 누웠습니다.

이불자락을 끌어다 어깨까지 덮었습니다.

— 소쩍 소쩍 소쩍다 ….

소쩍새 울음소리가 청승맞게 귓전을 때렸습니다. 아저씨는 정말 눈물이 나오려는 것을 꾹 참고 이불을 머리 끝까지 뒤집어썼습니다.

생쥐는 살금살금 기어서 뽀르르 벽을 타고 올라가 아저씨가 누워 있는 바로 위 시렁에 올라갔습니다.

— 소쩍 소쩍 소쩍다 ….

생쥐는 시렁 위에서 아래를 내려다보는데, 아저씨가 이불을 뒤집어쓴 채 몸을 꿈틀거렸습니다.

생쥐는 흥얼흥얼 흥얼대었습니다.

"소쩍새 소쩍 소쩍

우는 밤에는

이불을 뒤집어써도

마냥 외롭고 …."

"시끄럽다아!"

이불 속에서 아저씨가 꽥 소리쳤습니다.

"고함을 질러 대도

마냥 슬프고 …."

"……."

아저씨는 두 귀를 꼭꼭 막았습니다.

높은 본좌 위의 하느님

그날, 아저씨와 생쥐가 드디어 탈선을 했습니다. 그것은 목사님이 알면 쫓겨날 만큼 대단한 일이었습니다.

아저씨와 생쥐 둘이서 밤중에 몰래 도망을 친 것입니다. 그것도 보통 마을 아이들처럼 기차를 타고 서울이나 다른 큰 도시로 간 것이 아닙니다. 둘이서 무당이나 점쟁이가 외는 주문을 외고는 요술을 부려 하늘로 도망을 친 것입니다.

밤이면 밤마다 둘이 마주 앉아 지분지분 멋대로 지껄이며 살아온 건 누구나 다 아는 일입니다. 그래, 그날도 밤늦게까지 둘이서 입씨름을 하다가 심심해진 거지요. 아니면 사과나무꽃이 한창 핀 봄밤이 둘을 유혹했는지도 모릅니다. 진짜배기로 마귀한테 홀려 버린 건지도 모르지요.

"아이구, 그만 어디 훨훨 날아갔으면 좋겠다."

아저씨가 이런 생각을 한 것은 처음이 아닙니다. 수백 번, 수천 번 그런 생각을 했었는데, 입으로 말해 보는 것이 처음이었어요.

그것도 생쥐 앞에서 주책없이 말한 겁니다.

"아저씨도 갑갑하세요? 나도 어디 먼먼 곳으로 날아가 봤으면 좋겠어요."

아저씨와 생쥐는 그때부터 소근소근 귀엣말처럼 얘기했습니다.

"아무도 모르게 우리 둘이서 오늘 밤 도망갈래?"

"아저씨, 비밀 지키겠어요?"

"너나 아무한테 지껄이지 않으면 다행이다."

"아녜요, 나도 중요한 비밀은 절대 남에게 얘기 안 해요."

"그럼 됐다. 우리 둘이 도망가자꾸나."

"네, 네!"

아저씨는 꿇어앉아 두 손을 모아 쥐고는 주문을 외었습니다.

"천나장군 천나비야

만나장군 만나비야

용마룽게 대장군아

어리설설 내리소서 …."

생쥐도 흡사 아저씨처럼 단정히 앉아 생쥐네 무당이 주문을 외듯이 쫑알쫑알 외었습니다.

"찌르룽찌르룽찌랑찌랑째룽째룽찌구리찌구리쪼루라리리 …."

둘이서 한참 동안 그러니까 온몸이 부들부들 떨리면서 저절로 공중에 부웅 떠올랐습니다.

어느새 둘은 바깥 하늘로 씽씽 날아가고 있었습니다. 자꾸자꾸 날아오르다 보니 대체 어디로 가는지, 가야 하는 건지 몰랐습니다.

"이렇게 자꾸 날기만 하고 목적지가 없잖니?"

아저씨가 걱정이 되어 물었습니다.

"나선 김에 우리 하느님 만나러 가요."

생쥐가 엄청난 소리를 했습니다. 아저씨는 겁이 덜컥 났지만 어쩐지 큰맘 먹고 그렇게 하고 싶었습니다.

"그래, 죽든지 살든지 한번 가서 하느님 구경이라도 하자."

둘은 무턱대고 높은 곳으로 높은 곳으로 날아올라 갔습니다.

아저씨의 헐렁한 작업복 저고리 옷자락이 바람에 펄렁펄렁 날렸습니다. 아주 근사하고 기분이 좋았습니다. 생쥐도 만날 쪼그리고만 있다가 마음껏 가슴을 펴고 넓디넓은 하늘을 씽씽 나는 게 한없이 즐거웠습니다.

둘은 자꾸자꾸 올라갔습니다. 자꾸자꾸 올라갔습니다. 드디어 하늘나라가 보였습니다.

하늘나라는 아주 높은 곳에 있었습니다. 햇빛보다 더 밝은 빛이어서 한참 동안 앞이 잘 보이지 않았습니다.

"아이구, 난 자꾸 다리가 떨린다."

아저씨가 후들거리는 다리를 간신히 천국 문 앞에 버티고 서서 말했습니다.

"나도 마찬가지예요."

생쥐도 역시 떨고 있었습니다.

시간이 조금 지나니까 차츰 앞이 잘 보이고 떨리던 것도 가라앉았습니다.

천사들이 여기저기서 지키고 서 있었습니다.

갈매기 같은 하얀 날개를 단 천사가 아저씨 앞으로 다가왔습니다.

"아저씨는 한국 도토리교회에서 종을 치는 분이죠?"

천사가 아저씨에게 물었습니다.

"예에 … 예에 …."

아저씨는 너무 떨려서 겨우 대답이 나왔습니다.

"생쥐하고 같이 오셨는데, 대체 뭣하러 오셨나요?"

"저어, 하느님을 좀 찾아뵈오려고요."

아저씨는 어느새 용감해져서 그렇게 대답했습니다.

"천사님, 저희들의 간절한 부탁이니 하느님을 꼭 만나 뵙게 해 주셔요."

또랑또랑한 말씨로 생쥐도 따라 말했습니다. 천사는 잠깐 얼굴을 찌푸리더니,

"그래 어떤 하느님을 만나 보고 싶으십니까?"

하고 물었습니다.

"어떤 하느님이라뇨?"

아저씨가 어리둥절해서 되물었습니다.

"하느님이 하도 많아서 어떤 하느님을 만나러 오셨는지 여쭈어 본 것입니다."

천사가 태연하게 설명을 해 주었습니다. 아저씨와 생쥐는 어리벙벙하게 잠시 동안 그냥 있었습니다. 천사가 이윽고 고개를 갸우뚱거리면서 말했습니다.

"한국에서 오셨으니 한국의 하느님을 만나시겠지만, 그 가운데서도 서울 하느님이 계시고, 시골 하느님이 계시고, 서울 하느님만도 수백이 넘는데 대체 어느 하느님을 만나시렵니까?"

아저씨와 생쥐는 서로 얼굴을 마주 보면서 어떻게 했으면 좋을지 몰라 망설이다가, 생쥐가 큰마음 먹고 말했습니다.

"제일 좋은 걸로 보여 주셔요!"

"알았습니다."

천사는 빙그레 웃음을 지어 보이며 아저씨와 생쥐를 데리고 커다란 백화점 같은 집으로 안내했습니다. 너무 눈이 부셔서 아저씨는 자꾸 비틀거렸습니다.

얼마쯤 따라 들어가니 그때부터 진열대 위에 올려놓은 상품처럼 가지가지의 하느님이 앉아 있었습니다. 모두가 잘생긴 미남자였습니다. 알록달록한 보석으로 치장을 했기 때문에 어느 하느님이 가장 좋은 건지 한결같아 보이기만 했습니다.

한 5백이나 되는 하느님 앞을 지나서 드디어 한 군데 하느님 앞에서 안내하던 천사가 멈추어 섰습니다.

"이분이 바로 제일 좋은 하느님입니다."

천사가 공손히 두 손으로 받들어 모시듯 가리켰습니다. 아저씨와 생쥐가 쳐다보니 과연 훌륭했습니다. 최신식으로 디자인한 옷을 입고 향수를 발라서 냄새도 좋았습니다. 무슨 보석인지 이름도 잘 모르는 보석으로 온몸을 치렁치렁 장식하고 있었습니다.

"하느님, 안녕하셔요?"

생쥐가 꾸뻑 절을 했습니다.

"……."

하느님은 대답 대신 눈살을 약간 찌푸렸습니다.

"하느님, 안녕하시냐고요?"

생쥐가 좀 큰 소리로 다시 인사를 드렸습니다.

"아이구, 또 하느님 하느님 부르는구나. 아이구 아이구 ….."

하느님은 금방 울상을 지었습니다.

"하느님, 어디 아프셔요?"

생쥐가 걱정스레 물었습니다.

"그래, 귀가 아프다. 너무너무 불러 대니 견딜 수 없구나."

"그럼, 어떡해요, 하느님?"

생쥐도 따라 울상을 지으며 물었습니다.

"제발 날 좀 쉬게 해 다오. 밤낮으로 고래고래 소리 질러 부르니 난 죽을 지경이다."

글썽이던 눈물이 **뺨**으로 흘러내리자 하느님은 그 화려한 옷소매로 얼른 훔쳤습니다. 그러고는 콧물을 훌쩍 한 번 들이켰습니다.

보고 있던 천사가 한숨을 쉬고 나서 말했습니다.

"이 하느님은 서울 ××교회에서 만든 분인데, 성도들이 밤낮으로 몰려와서 졸라 대어 몹시 시달리고 계십니다."

그리고 보니 하느님 얼굴이 영 핏기가 없고 그지없이 피로해 보였습니다.

"하지만 천사님, 이렇게 만들어 놓은 하느님은 정말 하느님이 아니지 않습니까?"

아저씨가 어이없다는 듯이 물었습니다.

"어이구, 말씀 마십시오. 이게 진짜 하느님입니다."

"방금 서울 ××교회에서 만든 하느님이라 하지 않았습니까?"

"그렇죠. 만들지 않은 하느님이 어디 있답니까?"

천사는 오히려 아저씨에게 되묻는 것이었습니다.

"천사님, 저희는 누가 만든 하느님이 아니고, 스스로 계시는 하느님을 뵈러 왔답니다."

"스스로 계시는 하느님은 없습니다."

"스스로 계시는 하느님이 없다고요?"

"없습니다."

천사는 분명히 말했습니다.

"천사님도 무신론자십니까?"

"우리는 그런 것 모릅니다."

"왜 모르시나요? 세상엔 무신론자가 얼마나 많다고요. 이 다음 심판 때는 모두 지옥감이잖습니까?"

"글쎄, 그런 건 모른다니까요."

천사는 얼굴을 붉히며 화를 내었습니다. 아저씨는 뭐가 뭔지 감을 잡을 수 없었습니다.

"그럼 천사님은 왜 하느님을 지키고 계시나요?"

"그건 사람들이 원하니까요. 저희는 사람들의 심부름꾼입니다. 그러니까 사람들이 원하는 하느님을 지켜 드리고 있는 거지요."

"……."

아저씨는 무어라 할 말이 없었습니다.

"천사님 말씀이 맞아요. 사람들은 하느님을 마음대로 만들어요."

생쥐가 오히려 힘이 나는 듯이 말했습니다.

"사람들은 창세 이후부터 하느님을 만들기 시작했지요. 나뭇조각으로 만든 허수아비로부터 돌덩이나 쇠붙이나 종잇조각까지, 수없이 만들어 모신 거지요."

천사는 태연히 가르치듯 말했습니다.

"그럼, 천사님, 이 우주 안에 하느님은 안 계시는 겁니까?"

아저씨는 말소리가 떨렸습니다.

"없다고 해야 하겠지요. 사람들은 하느님이 있다고 말할 때, 벌써 한 개의 하느님을 만들어 버리니까요."

"……."

"그러니까 지금까지, 인간의 사고력과 상상력이 움트고부터 각자가 만든 하느님은 그 사람들의 숫자만큼 만들어졌고, 앞으로도 그렇게 만들어지겠지요."

천사는 어느새 빙그레 미소를 짓고 있었습니다. 아저씨는 대신 풀이 죽어 걸레짝처럼 처져 있었습니다.

"천사님, 그럼 저희는 그만 돌아가야 하겠습니다."

"어서 돌아가십시오. 벌써 시간이 오래 지났습니다."

"안녕히 계십시오."

"천사님, 안녕히 계셔요."

아저씨와 생쥐는 꾸뻑꾸뻑 절을 하고는 쫓겨나듯이 그 백화점같이 생긴 하느님의 보좌를 나왔습니다.

"어서어서 가자. 새벽종 칠 시간에 늦을라."

아저씨는 속력을 내어 씽씽 날았습니다.

"같이 가요, 아저씨!"

생쥐는 아저씨를 놓칠까 봐 온 힘을 다해 따라갔습니다.

예배당에 돌아와 아저씨가 책상 위의 사발시계를 보니까 아슬아슬하게 3시 59분이었습니다. 아저씨는 숨 돌릴 사이도 없이 종각으로 달려가 종을 쳤습니다.

새벽기도를 얼렁뚱땅 끝내고는 방으로 들어와 이불자락을 껴안고 쓰러졌습니다.

눈을 떴을 때는 벌써 아침 해가 하늘 높이 떠 있었습니다. 아저씨는 온몸에 열이 나서 정신이 없었습니다.

억지로 일어나 세수를 했습니다. 쌀을 한 줌 씻지도 않고 냄비에 담아 물을 넉넉히 부어 연탄불에 올려놓았습니다.

가까스로 또 일어나 죽 냄비를 가지고 와서 냄비 뚜껑을 열었습니다. 식을 때까지 한참 기다려서는 훌쩍훌쩍 들이켜고는 그대로 또 누웠습니다.

눈이 똥그래진 생쥐가 문지방에서 보고 있었습니다.

"아저씨, 많이 아파?"

"……."

아저씨는 이불을 뒤집어써 버렸습니다.

사흘 뒤에야 겨우 아저씨는 생쥐와 마주 앉아 이야기할 수 있었습니다.

"그끄저께 밤, 하늘나라에서 우리 도토리교회 하느님은 어떻게 생겼는지 보고 올 걸 그랬지?"

아저씨는 매우 아쉽다는 듯 말했습니다.

"보나마나 뻔하죠, 뭐."

생쥐가 이죽거렸습니다.

"뻔하다니?"

"저어 …."

생쥐는 얼른 멀찌가니 물러나서 말을 이었습니다.

"보나마나 비쩍 말랐고, 꾀죄죄하고, 바보 천치 같고, 겁쟁이고, 화 잘 내고 ….."

"……."

듣고 있는 아저씨 숨소리가 높아 가고 있었습니다.

"그러니까 우리 생쥐는 하느님이 있다고도 없다고도 안 한다고요. 하느님은 그냥 이렇다 저렇다 하지 않아도 먹여 주시고 입혀 주시고 아름답게 보살피시잖아요, 온 우주를 ….."

"……."

아저씨는 정말 할 말이 없었습니다.

지옥을 보고 와서

하느님 구경을 다녀와서부터 아저씨와 생쥐는 재미가 났습니다. 그래서 그날도 중얼중얼 주문을 외고는 씽씽 날아갔습니다. 오늘은 지옥 구경을 간 것입니다.

"아저씨, 이러다간 600만 불의 사나이가 되겠어요."

"600만 불의 사나이가 아니고 피터 팬이 더 낫잖겠니?"

"피터 팬은 조그맣고 귀여운 소년이잖아요?"

"그러니까 피터 팬이 낫다고 하잖니?"

"아이고 징그러워라. 비쩍 마른 늙은 총각이 무슨 피터 팬예요. 흡사 예수님을 유혹하던 마귀 같으면서 …."

"……"

아저씨는 화를 낼 수도 없어 그냥 입을 다물었습니다. 이런 때 처

신을 잘 해야만 더 큰 창피를 당하지 않기 때문입니다.

아저씨가 아무 말도 안 하니까 생쥐는 조금은 켕겼는지 얼른 변명을 했습니다.

"아저씨, 그냥 마귀 같다고만 했지 아저씨가 마귀는 아니잖아요."

"그래도 그건 너무했잖니?"

"미안해요, 아저씨."

캄캄한 밤하늘을 날아가면서 둘은 아이들처럼 티격태격했습니다.

둘은 한없이 날았습니다. 지옥을 찾아서 5만 리도 넘게 날아도 지옥은 나타나지 않았습니다.

"아저씨, 지옥은 어느 쪽인지 잘 모르겠어요."

"글쎄다. 우리가 길을 잘못 들었나 보다."

"우리 먼젓번 천사님한테 한번 물어보도록 해요."

"그게 좋겠구나."

먼젓번에 갔던 하늘나라 보좌에는 그때 그 천사가 역시 수많은 하느님을 지키고 있었습니다.

"천사님, 그동안 안녕하셨어요?"

생쥐가 먼저 예쁘게 인사를 했습니다.

"천사님, 안녕하십니까?"

아저씨도 정중히 고개를 숙이며 인사를 했습니다.

"예, 그동안 무사히 지내셨군요."

천사는 아주 반가운 듯이 활짝 웃으면서 둘을 맞아 주었습니다.

"우린 오늘 지옥 구경을 가는데 아무리 찾아도 지옥이 없었어요."

생쥐가 성급하게 찾아온 까닭을 말했습니다.

"여러분들은 참 딱하군요. 하늘에 무슨 지옥이 있다고 찾아다니세요."

"그럼, 천사님, 지옥은 어디에 있습니까?"

"지옥은 바로 땅에 있지 않습니까? 자, 이리 오십시오. 제가 지옥을 구경시켜 드릴 테니까."

둘은 천사를 따라 높은 언덕배기에 올라갔습니다. 거기에는 커다란 망원경 같은 것이 있었습니다. 아저씨와 생쥐는 천사가 인도하는 대로 망원경 앞에 섰습니다.

"자, 지옥을 구경하십시오."

천사가 보란 듯이 말했습니다.

"어머나! 저건 합중국이라는 나라에 있는 국회 의사당이잖아요?"

생쥐가 눈이 똥그래져 가지고 소리 질렀습니다. 망원경에 비친 커다란 사진 속에 보기만 해도 웅장한 건물이 우뚝 서 있었습니다. 활동사진처럼 장면은 금방 바뀌었습니다.

"어이구! 저건 입에물린인지 코에물린인지 하는 궁전이잖니? 뭐 스테링 수염쟁이도 저기서 정치를 했고 …."

생쥐와 아저씨는 장면이 바뀔 때마다 자꾸 놀라기만 했습니다. 도대체 지옥을 보라고 해 놓고선 왜 지구 위에 있는 커다란 집 구경을 시키는지 알 수 없는 일이었습니다.

온 세계의 큰 집들을 다 보자니 재미는 있었지만 아까운 시간이 자꾸 흐르는 것 같아 안타까웠습니다.

"천사님, 지옥 구경을 시켜 준다 해 놓고 왜 저런 것만 보여 주십니까? 얼른 지옥을 보여 주십시오."

아저씨는 기다리다 못해 불평 비슷하게 말했습니다.

"참 답답하십니다. 이게 지옥의 시작입니다. 저 집에서 모두 지옥을 만들어 내고 있으니까요."

천사가 묵직한 목소리로 침착하게 말했습니다.

"그, 그건 큰일 날 말씀입니다. 저건 모두모두 존경하는 나으리들이 모이는 집입니다. 천사님, 농담 마십시오."

"그렇지요. 사람들이 너무 착하셔서 그런 인식을 갖고 있는 게 마땅하지요. 그러나 이따금 의심이 날 때도 있을 줄 압니다."

"의심이라뇨?"

"과연 나으리들이 존경할 만한지 …. 자, 보십시오. 저기 나으리 한 분이 명령을 내리고 있군요. 지옥을 만들라는 명령입니다."

천사의 말이 끝나자 망원경을 통해 커다란 입이 하나 나타났습니다. 얼굴 전체를 보여 주지 않아 누구의 입인지 알 수 없었습니다.

"배라배라배라배라배라 …."

그 커다란 입은 계속 큰 소리로 지껄이고 있었습니다.

한 입이 침을 튀기며 지껄이고 나니까 또 다른 입이 나타나 큰 소리로 떠들었습니다. 그렇게 몇 개의 입이 제가끔 무어라 지껄이고 나니, 여기저기 공장에서 기계 돌아가는 소리가 시끄럽게 들리면서 거대한 무기가 만들어지고 있었습니다. 소총·기관총·대포·탱크·비행기·군함·낙하산·수류탄, 셀 수 없을 만치 무기들이 산더미처럼 쌓였습니다.

장면이 또 바뀌었습니다. 여기저기서 훈련을 받는 군인들의 모습이었습니다. 달리고, 넘어지고, 뛰어내리고, 매달리고, 거꾸로 기어가고, 찌르고, 조르고, 덮치고, 밀고, 당기고 …. 군인들은 흙투성이·땀투성이로 얼룩졌습니다.

망원경엔 또 커다란 입이 나타났습니다.

"천사님, 좀 크게 보여 주십시오. 얼굴 전체를 봐야만 저게 누군지 알 수 있지 않겠습니까?"

아저씨가 답답한 듯이 말했습니다.

"안 됩니다. 얼굴을 알게 되면 곤란하게 되니까요."

몇 개의 커다란 입이 뭐라 큰 소리로 떠들었습니다. 그러자 천지를 뒤흔드는 요란한 소리가 나면서 싸움이 일어났습니다. 아까 무기 공장에서 만든 비행기·탱크·대포·기관총들을 사람들이 부리고 있었습니다. 훈련을 받던 군인들은 명령에 따라 총을 쏘고, 탱크를 몰고, 대포를 쏘아 댔습니다. 비행기는 폭탄을 떨어뜨리고, 집이 박살 나고, 사람들이 비명을 지르며 죽어 가고 있었습니다.

"자, 어떻습니까?"

"……"

아저씨는 대답할 수 없었습니다. 천사는 차갑게 말을 이었습니다.

"사람들은 지옥을 하느님이 만들어 놓고 죄 많은 사람들을 죽은 뒤에 거기 살도록 한다고 말하지만, 그건 거짓말입니다. 지옥은 사람들이 만들어 그 지옥 속에서 살고 있는 것입니다."

망원경엔 계속 전쟁의 참상이 보이고 있었습니다. 폭격으로 집을 잃은 사람, 부모를 잃은 어린이가 목이 쉬도록 울면서 거리를 헤매는가 하면, 전쟁터에서 총을 맞아 쓰러진 군인들이 몸부림을 치고 있었습니다.

병원에서는 부상 군인들과 시민들이 아픔을 못 이겨 비명을 지르며 침대에 누워 있었습니다. 집을 잃은 고아는 추위에 떨며 쓰러져 죽고, 먹을 것이 없어 굶어 죽어 가기도 했습니다.

전쟁이 지나간 거리엔 도둑이 우글거리고 술집과 유흥장이 생기고 몸을 파는 여자들이 밤거리를 헤매고 다녔습니다. 농민들은 전쟁터에 보내기 위한 쌀을 거둬 가 버려 굶주리며 밭을 갈고 있었습니다.

이런 소용돌이 속에서도 커다란 입들은 계속 명령을 내리고 있었습니다. 더 큰 소리로 더 큰 소리로 떠들고 있었습니다.

"좀 겁이 나시는 모양인데, 그만 보실까요?"

"예예, 그만 보겠습니다. 이제 알았습니다."

아저씨는 목이 바짝바짝 타들어 가는 것만 같았습니다.

"지옥 구경을 하셨으니까, 이젠 돌아가십시오. 시간이 많이 지났습니다."

아저씨는 정신을 차렸습니다.

"생쥐야, 가자꾸나."

생쥐는 그때까지 한 마디 말도 없이 눈을 똥그랗게 뜨고 망원경을 들여다보고 있었습니다.

집에 돌아와서 아저씨는 한 주일 동안 앓아누웠습니다. 눈알이 핑핑 돌고 머리가 아프고 열이 활활 타오르듯이 높아졌습니다. 겨우 일어났을 땐 눈이 흐릿해져 제대로 앞이 보이지 않았습니다.

"아저씨, 이제 정신이 나셔요?"

생쥐가 모처럼 아저씨에게 물었습니다.

"그래, 지금은 내 꼴이 어떻니?"

아저씨는 뭔가 자꾸 죄지은 것처럼 불안해졌습니다.

"옛날처럼 못생겼지만 그래도 크게 보기 싫지는 않아요."

"아니다, 화 안 낼 테니까 정직하게 말해라."

"정직하게 말한다면 …."

"그래, 정직하게 말한다면 어떻다는 거야?"

"모가지 위로는 ET같이 생겼고 모가지 아래로는 도마뱀 같아요."

"그, 그렇냐?"

아저씨는 한숨을 쉬었습니다.

"너무 정직하게 말해서 미안해요."

"아아아니다. 마귀같이 생긴 것보다는 낫잖니?"

"마귀보다는 좀 나은 편예요."

"그, 그래. 양파 대가리보다는 덜 심하니까 괜찮다."

"죄송해요. 줄곧 나쁜 것하고만 비교해서 면목이 없어요."

생쥐는 고개를 삐딱하게 숙였습니다.

아저씨는 겨우 버티고 앉았던 힘이 흐늘흐늘거리더니 그냥 픽 쓰러지고 말았습니다. 쓰러진 채,

"앵 앵 앵 …."

어린애처럼 울기 시작했습니다.

생쥐는 어떻게 했으면 좋을지 몰라 그만 밖으로 나왔습니다.

토끼장에서 토끼가 쇠그물에 붙어 서서 내다보고 있었습니다. 생쥐는 그쪽으로 뛰어갔습니다.

"방 안에서 우는 게 누구니?"

토끼가 가까이 온 생쥐한테 물었습니다.

"종지기 아저씨다."

"왜 요즘 자꾸 우니?"

"몰라, 약간 돌았는지 몰라."

"뭣 땜에 돌았니?"

"한 주일 전에 지옥 구경하고 와서 여태 아팠거든."

"그건 알아. 그래서 나도 실컷 굶었잖니."

"이젠 영영 일어나지 못할지도 모른다."

"그러면 너무 가엾잖니?"

"어쩔 수 없지 뭐. 인과응보야."

"그게 무슨 뜻인데?"

"자기가 한 일은 자기한테 그 결과가 돌아온다는 거야."

"아저씨가 뭐 나쁜 짓 했니?"

"뭐 인간들은 다 한패거리지 뭐야. 지옥을 만드는 기계니까."

"……."

둘이서 하던 말을 그치고 가만히 귀를 기울이니, 방 안에서 우는 소리가 뚝 그치고 조용했습니다.

"아저씨 이제 울음 그쳤나 보다. 내 가 보고 올게."

생쥐가 뽀르르 방문 앞에 뛰어가니까, 방 안에서 뭔가 후닥닥 돌아 눕는 소리가 났습니다. 생쥐가 문구멍으로 방 안에 들어가니 아저씨 는 아까처럼 누운 채 앵앵 울고 있었습니다.

"아저씨, 방금 후닥닥 한 건 무슨 소리예요?"

생쥐가 물었습니다.

"아, 아무것도 아니다. 나 문 앞에서 아무것도 엿듣지 않았다. 그 냥 이렇게 누워 있었다."

생쥐는 코가 간지러운 것을 억지로 참았습니다.

"그랬었군요. 울음을 한 번도 안 그치고 계속 우셨군요. 자꾸 우세 요. 우는 자유는 얼마든지 있으니까요."

아저씨는 나오지도 않는 코를 한 번 훌쩍이고 나서 말했습니다.

"넌 이 아저씨가 이렇게 구슬피 우는데도 위로 한 번 안 해 주니?"

생쥐는 코가 간지러워 못 견딜 지경인 것을 억지로 참았습니다.

"저어, 아저씨 울지 마셔요. 아저씨는 아무리 아파도 앞으로 백오십 년은 더 사실 거예요."

"정말이니?"

"예, 정말예요."

"백오십 년이야 못 살지만 오십 년만 더 살아도 된다."

생쥐는 더 참지 못하고 "엣취!" 하고 재채기를 했습니다.

들었다 놓았다 하는 세상

"아저씨, 그 멸치 대가리 너무 무자비하게 씹지 말고 그만 삼켜 줘요. 보기만 해도 애처롭다."

생쥐가 아침밥을 열심히 먹고 있는 아저씨를 쳐다보고 간절히 말했습니다. 아저씨는 거위 주둥이처럼 입을 짝짝 벌리며 멸치 한 마리를 씹고 있던 중이었습니다.

"밥 먹는 걸 누가 쳐다보라더냐? 저리 비켜!"

"그냥 지나치다 본 거예요. 일부러 구경한 것 아니니까 꾸지람하지 말아요."

"지나치다 봤으면 그냥 못 본 척하는 거지 왜 간섭을 하니!"

아저씨는 조금은 찔리는 데가 있어서 그런지 자꾸만 화를 내었습니다.

"그냥 멸치가 가엾다는 생각에서 그랬어요. 용서해 주세요."

생쥐는 목소리를 죽여 조그맣게 말했습니다.

"죽은 멸치가 뭐 애처롭다느니 가엾다느니 도사 같은 말을 한다고 되살아난다니? 넌 얼마나 착하니?!"

아저씨는 그래도 성이 안 가시는지 꽥꽥 소리를 질렀습니다.

"아무리 죽은 거지만 멸치는 조그마하잖아요?"

"네가 작다고 작은 걸 편드니?"

"편들어서 그런 것 아녜요. 만약에 이 세상에 아저씨보다 천 곱절 만 곱절 큰 짐승이 있어서 아저씨 대가리를 무자비하게 씹어 보세요. 아저씬 어떻겠어요?"

"내가 어디 멸치냐?"

"멸치라는 것이 어디 생겨나면서 이름을 달고 나온 건 아니잖아 요? 아저씨도 멸치라 이름을 붙이면 멸치가 되는 거죠."

생쥐는 그새 속이 뒤틀려 앞뒤 가리지 않고 바른 소리를 해 버렸습 니다.

"너 말 다 했니!?"

아저씨는 주먹을 부르쥐고 밥상을 한 번 쾅! 두들겼습니다. 어찌 나 세게 두들겼는지 집이 무너지는 듯 흔들거렸습니다. 생쥐는 깜짝 놀라 도망도 못 치고 그 자리에서 부들부들 떨었습니다.

"… 내가 가만 보고만 있으니까 점점 버릇이 없다니까. 꼬랑대기 붙잡고 꼰장쳐 버리면 넌 국물도 없다. 아니?"

"아저씨, 제발제발 … 여태까지 했던 건 참 불행했어요. 그러니 유감으로 표시를 하겠어요."

뒷걸음을 치면서 생쥐는 쫑알쫑알 말했습니다.

"그건 누가 써먹던 소리 같은데 유감으로 표시하면 다니?!"

"그게 최대·최선의 인사잖아요?"

"누가 그러더냐? 그따위 소리 …."

"각하보다 높은 폐하께서 그랬잖아요?"

"그건 상대가 상대도 안 되게 만만한 데만 써먹는 소리지, 나한테도 그게 통할 줄 아니?"

"그럼 '유감'이란 말은 뭐든지 만만하면 다 통하는 거예요?"

"그래, 지지리도 못나고, 골이 텅텅 비었고, 사족을 못 쓰도록 굽신거리고, 제 주장이라는 건 눈곱만치도 내세우지 못하고, 알랑거리고, 앨랑거리고, 쫄랑거리고 …."

"그럼 강아지만도 못한 것한테만 써먹는다는 거군요?"

"그래 맞다."

둘은 멸치 사건을 벌써 잊어버렸는지, 엉뚱하게 말이 빗나가고 있었습니다.

"그럼, 아저씬 강아지보다 낫다는 거예요?"

"……."

아저씨 말문이 갑자기 막혀 버렸습니다.

"왜 대답 못하셔요?"

"……."

"강아진 멸치 대가리를 그렇게도 무자비하게 씹어 먹지는 않는다고요."

"그럼, 그냥 삼킨다고 더 착하니?"

"사람들은 화가 나면 '갈아 마셔도 시원찮다.'고 그러잖아요?"

"갈아 마시는 것하고 씹어 삼키는 것하고 어디 같냐?"

"그게 그거죠. 씹어 삼키는 게 이빨로 갈아 마시는 것 아녜요?"

"네가 꼭 국문학 박사나 되는 것처럼 말하는구나."

아저씨는 한풀 꺾인 채 빈정거렸습니다.

"아이구나! 내가 국문학 박사라니, 막 가슴이 뛴다!"

"국문학 박사 같다고 했지, 어디 국문학 박사라고 했니?"

"국문학 박사 같은 거면 되는 거지, 뭐 꼭 국문학 박사가 따로 있어요?"

생쥐는 콧수염을 요리조리 움직이며 생글생글 웃었습니다.

"내가 강아지보다는 못해도 생쥐보다는 낫다."

한참 있다가 겨우 아저씨가 그렇게 말했습니다.

"그럼 됐어요. 그 정도면 아저씨 체면은 깎이지 않으니까요."

아저씨는 그만 먹던 밥그릇을 주섬주섬 치웠습니다.

"왜, 그만 먹어요?"

생쥐가 또 참견을 했습니다.

"이따가 너 없을 때 먹을 테다."

"나, 하루 종일 여기 있잖아요?"

"……."

"그러니까 멸치 대가리 씹어 먹든지 갈아 먹든지 좋을 대로 잡수세요."

"……."

아저씨는 아무 대꾸도 않고 웃저고리를 입고 밖으로 나갔습니다.

예배당 울타리 밖에 코스모스가 피어 있었습니다. 그 울타리 너머 뒷산 자락엔 보랏빛 들국화가 안개처럼 아름다웠습니다.

아저씨는 어정어정 걸어 나갔습니다.

개울 아래쪽 잔디밭이 까칠하니 누렇게 물들어 가고 있었습니다. 그 잔디풀 사이로 오히려 더 새파랗게 생기를 띤 토끼풀이 아침 이슬에 젖었습니다.

개울 둑길을 걷고 사과밭 사잇길을 돌아 나오니, 뭐 달리 갈 곳이 없었습니다.

아저씨는 사과밭이 끝닿는 언덕에 쪼그리고 앉았습니다. 그만큼 걸었는데도 숨이 찼기 때문입니다.

조금 아까 내다 맨 종덕이네 새끼염소가 언덕 비탈에서 아저씨를 쳐다보고 "음매애애!" 울었습니다. 알은체하는 거지요.

"그래, 너 밥 먹었니?"

아저씨가 염소한테 인사했습니다.

"지금 이렇게 뜯어먹고 있잖아요. 아저씬 벌써 아침 잡수셨어요?"

염소가 시든 바랭이풀을 야물야물 씹어 먹으며 물었습니다.

"나, 아침밥 조금 먹다가 그냥 나왔단다."

"왜 조금 먹다가 그냥 나왔어요?"

"너, 우리 집 생쥐 새끼 알지?"

"알아요. 좀 까불고 버릇없는 애 말이죠."

"그래, 맞다. 좀 까불고 버릇없는 게 아니라 아주 돼먹지 않게 까불고 버릇없단다."

"얼마만치 버릇이 없는데요?"

새끼염소가 바랭이풀을 꼴딱 삼키고는 아저씨를 쳐다보았습니다.

"그게 버릇없게 말이지 ···."

"네, 말씀하셔요."

"뭘 씹어 먹는 짐승은 강아지보다 못한 거라고 하잖니?"

"뭘 씹어 먹으면 그렇대요?"

"저어 말야, 바랭이풀이나 토끼풀이나 그런 것 말야."

"그 말 정말예요?"

"그럼, 내가 언제 거짓말하더냐?"

"고것, 아주 간덩이가 부었군요. 내 당장 가서 혼내 줘야지. 이 밧줄 좀 풀어 주셔요."

새끼염소가 입을 앙다물었습니다.

"하지만 참아야지 않겠니? 뭐 바둑돌만치 쪼끄만한 건데 상대한다는 건 오히려 창피하단다."

“하지만 내가 그 말 들으니 당장 풀 뜯어 먹을 맛이 안 나잖아요.”

“그 그래, 너도 그 말 들으니까 먹을 맛이 안 나니?”

“세상 천지에 그런 화날 소리 듣고도 계속 뭘 먹을 수 있는 동물은 없을 거예요.”

“어쩌면, 너하고 나하고 같구나!”

아저씨는 코를 발름발름 좋아했습니다.

“그럼, 아저씨도 바랭이풀 뜯어 먹었어요?”

새끼염소가 물었습니다.

“으, 으응 ….”

아저씨는 말을 더듬었습니다.

“아이쿠! 거짓말하는 것 좀 보라지.”

갑자기 풀밭에서 생쥐가 튀어나와 소리쳤습니다.

아저씨하고 새끼염소가 깜짝 놀라 그쪽으로 돌아다보았습니다. 아저씨 얼굴이 빨개져 버렸습니다.

“너 … 언제 예까지 나왔니?”

아저씨는 기어들어가는 소리로 말했습니다.

“벌써벌써 전에 나왔어요. 아저씨 거짓말한 것 다 들었다고요.”

“……”

아저씨는 걸레짝처럼 울상이 되었습니다. 새끼염소는 어리둥절해 가지고 생쥐와 아저씨를 번갈아 보았습니다.

생쥐가 염소한테 뽀르르 다가가서 말했습니다.

"염소야, 여태까지 진짜로 강아지보다 못한 인간하고 얘기했지?"

염소는 점점 어리벙벙하기만 했습니다.

"그건 무슨 말이니?"

"저기 쪼그리고 앉아 있는 늙은 총각 말이야. 자기 입으로 강아지보다 못하다고 말했거든."

"그게 정말이니?"

"절대절대 나는 거짓말 안 한다."

"세상에! 생겨 먹은 것하고 소갈머리하고 똑같다."

새끼염소는 말하고 나서 아저씨를 찬찬히 바라보았습니다.

"암만 그래도 나, 생쥐보다는 낫다!"

아저씨가 얼굴이 빨개진 채 말했습니다.

"저것 봐! 생쥐보다는 낫대. 해해해."

"아이구 우습다! 해해해해 …."

새끼염소와 생쥐가 죽겠다고 웃었습니다.

"그러니까, 아까 나한테 말한 거 전부 거짓말이란 말이지?"

염소가 생쥐한테 이죽거리며 물었습니다.

"그래, 내가 아저씨 멸치 대가리 씹는 걸 너무 가엾다고 웬만큼 씹고 그만 삼키라고 했는데, 너보고는 말을 슬쩍 돌려 가지고 하잖겠니? 아주 약았지?"

생쥐 목소리가 간지럽도록 예뻤습니다.

"그래, 나보고는 바랭이풀이나 토끼풀을 씹어 먹으면 강아지보다도 못하다고 했다잖아."

"아이구! 다 늙은 게 쩨쩨하구나."

"그래도 생쥐보다는 낫대! 해해해 ….."

"해해해해 ….."

아저씨는 쥐구멍이라도 있으면 들어가고 싶었지만, 이러지도 저러지도 못한 채 그냥 쭈그리고 앉아만 있었습니다.

한참 웃고 나서 생쥐가 또 지껄였습니다. 아저씨는 또 무슨 말을 할까 싶어 가슴이 조마조마했습니다.

"그래도 우리 아저씨는 생쥐보다는 나으니까 다행이잖니?"

"그럼, 다행이고말고."

"그런데 생쥐보다도 못한 게 있거든."

"어디 또 그런 얼빠진 것들이 있니?"

"너도 알잖니? 뭐 36년 동안 죽이고, 가두고, 찌르고, 패고, 다 빼앗아 가고, 만신창이 되도록 혼까지 빼놓고도 '유감이다.' 한 마디면 다 되거든."

"참말 그렇구나. 그런 걸로 다 통한다면 그런 것들은 생쥐 아니라 빈대 새끼보다도 못한 거야."

"아무렴, 생쥐가 이래 봬도 옳고 그른 것은 헤아릴 줄 안다고. 뭐, 쩨쩨하게 강아지보다는 못하고 생쥐보다는 낫다는 억지 소리도 안한다 말이다."

"맞다, 멸치 대가리 씹어 먹는 걸 슬쩍 돌려 가지고 바랭이풀이니

토끼풀이니 그러면서 이간질하지도 않고."

"그렇다니까. 엎드려 절받기 식으로 현해탄인지 편리탄인지 건너가서까지 '유감이다.' 한 마디 듣고 젠체하지도 않고 …."

"꼭 제2의 이 아무개 같다니까."

생쥐와 새끼염소는 멋대로 떠들어 대었습니다.

아저씨는 기가 막혀서 허수아비처럼 줄곧 우두커니 앉아 있기만 했습니다.

"염소야, 그만하자꾸나. 생쥐보다 나은 아저씨 체면을 생각해 줘야 하지 않겠니?"

"그래, 생쥐보다 나으니까 그래도 봐주자꾸나."

뭐 둘이서 들었다 놓았다 멋대로 지껄이고 있었습니다.

"아저씨, 그만 얼굴 펴고 집으로 가요."

아저씨는 상사 앞의 졸병처럼 꾸부정하게 일어났습니다. 그러고는 어정어정 언덕길을 걸어갔습니다.

그 뒤로 생쥐가 쫄랑쫄랑 따라가고 있었습니다.

소비에트 배추

이불을 쓰고 누워 있는 아저씨 곁에 생쥐가 와서 한참 눈치를 보았습니다. 그러다가 답답하다는 듯이 한숨을 쉬고 나서 물었습니다.

"아저씨, 저어 … 그저께하고 또 그끄저께하고 어디 다녀왔어요?"

아저씨는 모른 척 그냥 있으려다가 참지 못하고 부스스 일어나 앉았습니다.

"아주 아주 먼 데까지 갔다 왔지."

"아주 아주 먼 데라니 어디예요?"

"버스 타고 택시 타고 또 버스 타고 그만치 먼 데다."

"장가가는 것만치 재미있었어요?"

"그까짓 장가가는 것보다 백 배 천 배 재미있었다. 택시 타고 씽씽

달리고, 또 공원에 가서 사진도 찍고, 또 ….”

“또 뭔데요?”

“또 말이야, 아주 이 세상에서 제일 맛나는 켄인지 케일인지 하는 서양 배추 가지고 쌈 싸 먹었다!”

아저씨는 자랑하느라 고개를 옆으로 까딱거렸습니다.

“양배추말고 서양 배추가 또 있어요?”

“있고말고지. 손바닥 두 개보다 더 넓적하고 바닷물빛처럼 파랗고, 맛은 달싹하고 고소하고 그렇다.”

“그게 어느 나라에서 온 건데요?”

“그건 저어 … 아마 잎이 싱싱한 게 추위에도 잘 견딘다니까 저어 북쪽의 스칸디나비아나 아니면 소비에트에서 온 건지도 모른다.”

“어머나! 겁나라.”

“겁나지?”

“내가 겁나는 게 아니고 아저씨가 겁날 거라구요.”

“내가 왜 겁나니?”

아저씨는 입을 비쭉하면서 조금 뽐내었습니다.

“소비에트에서 왔다고 그랬잖아요. 아저씨가 먹은 서양 배추, 켄인지 케일인지 하는 것 말예요.”

“그래, 소비에트에서 왔다.”

“그러니까 아저씨 무섭잖아요?”

“배추가 뭐 겁나니?”

"아저씨 정말?!"

생쥐가 목소리를 낮추어 정색을 했습니다. 갑자기 그러니까 아저씨는 덩달아 눈이 둥그래졌습니다.

"너, 왜 그러니?"

"소비에트가 어떤 나라예요?"

"소비에트는 자세히 말하면 소비에트 사회주의 공화국 연방이다."

"그래, 우리하고는 반대 나라잖아요? 공 뭐라는 나라 ….."

정말 아저씨 얼굴이 하얘지고 있었습니다.

"그 그래, 공 공 공산주 ….."

"거봐요 아저씨. 그쪽엣 건 뭐든지 우리는 들어서도 안 되고 보아서도 안 되고 말해서도 안 되잖아요?"

"글쎄 말이다."

"그런데 아저씬 소비에트 배추를 먹었다니까 어찌되는 줄 아셔요? 보지도 듣지도 말하지도 말아야 하는데 입으로 먹었으니 말입니다."

"그 그런데, 그 서양 배추 소비에트 것이 아니고 어쩌면 저 아래 남극에서 나는 배추일 게다."

"남극이라뇨?"

"너도 알잖니? 펭귄인가 하는 새들이 떼 지어 살고 있는 곳 말야. 거기도 몹시 춥잖니?"

아저씨는 벌써 목이 바짝바짝 타고 있었습니다.

"아이구, 거기라면 온통 얼음판이고 얼음산인데 배추가 자라겠어

요? 사람도 못 사는 곳인데 ….”

“그런가?”

“아저씨 이젠 꼼짝없이 탄로나면 잡혀간다고요.”

“아이구나! 하지만 소비에트 배추 나 혼자만 먹은 게 아니고 아주 점잖은 아저씨 두 분하고 같이 먹었단다.”

“그러니까 어쨌단 거예요.”

“잡혀가더라도 함께 잡혀가면 덜 겁나잖니?”

“비겁하게도, 벌써 고자질할 생각부터 하네!”

“하지만 그게 진짠 걸 어쩌니?”

“아무리 진짜라도 사나이 대장부라면 당당하게 혼자서 죽는 거라구요.”

“죽이기 전에 자꾸자꾸 고문을 하면 어쩌니?”

“그러니까 사나이 대장부는 끝까지 참고 입을 열면 안 돼 ….”

“꽤액!”

생쥐 말이 끝나기도 전에 아저씨가 돼지 목 따는 소리를 지르며 뒤로 벌렁 넘어졌습니다. 그대로 까무라쳐 버린 것입니다.

“아저씨이!”

생쥐는 시렁 밑까지 뛰어올랐다가 내려왔습니다. 너무 놀라 자꾸 떨렸습니다.

아저씨는 넘어진 채 숨도 안 쉬고 얼굴빛이 하얗게 되었습니다. 생쥐는 가까스로 정신을 가다듬었습니다. 아저씨를 깨워야 하기 때문입니다.

　전에 아저씨가 잠들었을 때 모르고 얼굴 위를 타 넘으면 금방 아저씨가 깨나던 것이 생각났습니다. 그래, 얼른 아저씨 얼굴을 뿌르르 기어 올라가 타 넘었습니다.

　한 번 타 넘어도 아저씨는 깨어나지 않았습니다. 또 타 넘었습니다. 그래도 깨어나지 않았습니다.

　생쥐는 세 번 네 번 자꾸자꾸 타 넘었습니다. 아저씨 얼굴에는 온통 생쥐 발자국이 어지럽게 찍혔습니다.

　생쥐는 숨이 찼습니다.

　나중에는 다급한 김에 아저씨 콧잔등을 이빨로 꽉 깨물었습니다. 그래도 아저씨는 깨어나지 않았습니다.

　모가지로 기어 내려가 러닝셔츠 안으로 들어갔습니다. 배꼽을 지나서 바지 안으로 들어가 사타구니로 빠져나와 가랑이 밑으로 쭈욱 기어 내려가, 양말 신은 발 속으로 잘못 들어갔다가 도로 기어 나왔습니다. 그래도 아저씨는 꼼짝도 않고 누워 있습니다.

　생쥐는 다시 바짓가랑이 밑으로 해서 배꼽을 지나서 모가지로 기어 나왔습니다. 역시 깨어나지 않습니다.

　또 기어 내려갔다가 기어 올라왔다가, 아무래도 되지 않습니다. 나중에는 생쥐도 그만 지쳐 버려 벌렁 넘어졌습니다.

　그러고는 아무것도 몰랐습니다.

　생쥐가 깨어난 것은 다음 날 아침이었습니다. 정신이 들어 살펴보니 아저씨가 아랫목 벽에 기대어 앉아 있었습니다. 얼굴을 보니 콧 잔등에 빨간 약을 발라 놓은 것이 보였습니다.

"아저씨, 죽지 않고 살아났군요?"

생쥐는 너무 기뻤기 때문에 그렇게 말했습니다.

"넌, 병 주고 약 주니?"

아저씨는 콧잔등이 따가운지 잔뜩 찡그리며 말했습니다.

"내가 언제 병 주고 약 줬나요?"

"어제 저녁에 그랬잖냐? 내게 있지도 않은 죄를 뒤집어씌워 죽게 하려고 해 놓고는 ….."

"아이구, 다 큰 어른이 거짓말한다. 언제 내가 있지도 않은 죄를 뒤집어씌웠나요?"

"소비에트 배추 먹었으니까 혼자서 당당하게 사내답게 죽으라고 했잖니? 안 그랬니!?"

아저씨는 눈을 딱 부릅떴습니다.

"소비에트 배추는 아저씨가 먹었다 했잖아요? 그러니까 ….."

생쥐는 어처구니가 없어 말문이 막혀 버렸습니다.

"그러니까 어쨌다는 거야? 난 이제 소비에트 배추 먹었어도 겁 안 난다."

"정말예요?"

"그럼."

"나, 배추만 먹은 게 아니고 소비에트 바람도 마시고 소비에트 물도 마셨다."

"뭐라구요!?"

"그것만도 아니다. 레닌 바람도 마시고 마르크스 방귀도 마셨다."

"이제 보니 아저씨 돌았다."

생쥐는 점점 기가 막혔습니다.

"그럼, 넌 깨끗한 줄 아니?"

"어머나! 아저씨가 도로 날 뒤집어씌우려 든다."

"이 머저리야, 내가 그 증거를 보여 줄까?"

"보여 주세요!"

"그래, 보여 줄게."

아저씨는 일어나 뒤로 돌아서더니 궁둥이를 생쥐 얼굴에 대고 방귀를 "뿌웅!" 하고 뀌었습니다.

"아이구! 구린내야!"

생쥐는 폴짝폴짝 뛰어올랐습니다.

"어떻니? 너 내 방귀 마셨지?"

"억지로 마시게 해 놓고 놀리는 거예요?"

"억지로 안 해도 마찬가지다. 내가 여기 그냥 앉아서 방귀를 뀌어도 이 방 안에 가득 찰 텐데 뭘. 그러니까 넌 내 방귀 안 마시고 어쩌겠니?"

"……"

생쥐는 할 말이 없었습니다.

"그리고 ….."

"그리고요?"

"문을 열어 놓으면 밖으로 나가서 사방팔방으로 날아가서 너구리 동네 사람도 마시고 올빼미 마을 사람도 마시고 …."

"아이구! 이제 알았다!"

생쥐가 앞발을 번쩍 들고 누구를 부를 때처럼 손을 흔들었습니다.

"이제 알았니?"

"알았어요. 그러니까 마르크스 방귀도 사방팔방 날아가서 온 세계에 퍼져 있다, 그 말이잖아요?"

"그래. 봐! 이 아저씨 참 위대하지?"

"정말예요. 나 아저씨 머리 쓰다듬어 줄게."

생쥐가 뽀르르 아저씨 어깨 위로 올라갔습니다.

"아이구, 간지러워!"

아저씨는 생쥐를 후려쳐서 떨어뜨렸습니다.

"찍!"

생쥐는 떨어지면서 뒤로 발랑 자빠져 가만히 있었습니다. 아저씨는 뜨끔했지만 어쩐지 일부러 그러는 것 같은 생각이 들었습니다.

정말 생쥐는 한참 만에 일어났습니다.

"아저씨, 나도 이제 위대한 것 알았다!"

"뭘 알았니?"

"방귀하고 같은 거 많다는 거."

"방귀하고 같은 거라니?"

"사방팔방 퍼져 나가는 것 말예요."

"그래, 퍼져 나가는 것 ….."

"그런 건 아무리 막아도 안 되잖아요?"

"그렇지. 어느 틈으로도 빠져 나가고 말지."

"그러니까 이 지구 위에 있는 건 뭐든지 막지 못한단 거예요."

"못 막고말고지."

"아저씨!"

"갑자기 왜 큰 소리로 부르니?"

"저어, 나하고 둘이 나가서 외쳐요."

"뭘 외치니?"

아저씨는 금방 주눅이 들어 버렸습니다.

"아이고 비겁하게도, 벌써 떨고 있네. 좋아요, 나 혼자 외칠 테니까요."

생쥐는 아저씨를 비쭉 흘겨 주고는 문구멍으로 해서 밖으로 나갔습니다. 그러나 1분도 안 되어 도로 들어왔습니다.

"벌써 다 외쳤니?"

아저씨가 빈정대었습니다.

"아녜요. 이따가 밤에 나가서 외칠 거예요."

"피이, 낮에는 겁나니까 밤에 외치겠다는 거지?"

"화나게 하지 말아요. 난 죽기 살기로 각오가 되어 있다고요."

생쥐는 건넌방으로 넘어갔습니다. 그리고 구석에 숨어서 밤을 기다렸습니다.

드디어 캄캄한 밤이 되었습니다. 아저씨네 방 사발시계가 정각 밤 열두 시를 가리켰습니다. 캄캄하고도 무서운 한밤중이었습니다.

생쥐는 눈을 부릅뜨고 밖으로 나갔습니다. 아저씨는 얼른 문구멍으로 밖을 내다보았습니다.

생쥐는 마당을 재빨리 기어가서 예배당 종각 밑으로 가더니 종각 디딤돌 위로 냉큼 올라갔습니다. 그러고는 쇠로 된 종각 기둥을 타고 높이높이 올라갔습니다. 종각 지붕 위 십자가 꼭대기까지 올라가더니 가슴을 턱 제끼고 꼿꼿이 섰습니다.

그러고는 외치기 시작했습니다.

"세상의 돌대가리들아!"

문구멍으로 내다보고 있는 아저씨는 간이 조마조마했습니다.

"… 총칼을 거두어라! 그걸로 제 목숨만을 지키려는 똥도둑놈들아! 아무리 그래 봤자 막지 못한다! 바람은 쉬지 않고 부느니라! 어느 누가 이 바람을 막을 자 있겠는고! 아아, 어리석은 돌대가리들아! 막을 수 있다면 한번 막아 보라! 이 조그만 생쥐의 방귀도 절대 막을 수 없느니라!"

그러더니 생쥐는 궁둥이를 치켜들고 방귀를 "뽕!" 하고 뀌었습니다. 그래 놓고는 뽀르르 내려와 얼른 방으로 들어왔습니다.

"벌써 다 외쳤니?"

아저씨는 어처구니가 없어서 그렇게 물었습니다.

"아주 용감한 방귀를 뀌어 놓고 왔거든요."

"방귀 한번 뀌려고 종각 꼭대기 십자가에까지 올라갔니?"

"그럼, 그게 예삿일예요?"

"이 헛똑똑이야."

"생쥐 방귀도 누구 방귀처럼 위대하다고요. 사방팔방 날아가서 위력을 떨칠 테니까."

"……."

아저씨는 두 손으로 코를 꼭 싸잡았습니다.

방송 연습

캄캄한 밤이었습니다.

바깥 하늘에는 온통 구름이 덮여 별빛조차 없는 그대로 지옥 같은 캄캄한 밤이었습니다. 아저씨네 방 안은 문 쪽과 안쪽도 분간할 수 없을 만큼 어두웠습니다. 정말 아무것도 보이지 않는 밤이었습니다. 한밤중이어서 소리없이 고요한 때였습니다.

그런 밤중에, 아저씨는 무언가 이상한 소리에 문득 잠을 깨었습니다. 어떻게 들으면 먼 산 너머에서 들리는 것 같고, 어떻게 들으니까 바로 귀 밑에서 들리는 듯한 그런 소리가 난 것입니다.

아저씨는 점점 정신이 들자 그 소리가 문지방 너머 건넌방에서 나고 있는 것을 겨우 알 수 있었습니다.

"… 동쪽 도토리 나라의 소식통에 의하면, 한 인간이 한 생쥐에게

야만적 폭력으로 자유와 권력을 박탈하고 있다고 합니다. 생쥐는 자신의 인권을, 아니 생쥐권을 고수하기 위하여 맨주먹 붉은 피로 항거하고 있지만, 한 인간은 군사적 무력으로 숭고한 생쥐의 정당한 자유를 무차별 저지하고 있습니다. 이에 생쥐는 어쩔 수 없이 생존권마저 위협받으며 그날그날을 억압과 착취 속에서 신음하고 있습니다. 다음, 마니노니 소식통에 의하면 ….”

이불 속에 누워서 한참 듣고 있던 아저씨는 속이 부글부글 끓어오르기 시작했습니다. 생각 같아서는 대뜸 고함을 치고 싶지만 억지로 참았습니다.

건넌방에서는 계속 엉터리 방송을 지껄여 대더니,

“… 이상 새소식을 마치겠습니다. 여기는 생쥐골 방송입니다.” 하고는 조용했습니다.

아저씨는 이때다, 생각하고는 목소리를 잔뜩 가다듬었습니다.

“열두 시 뉴스를 말씀드리겠습니다.

서쪽의 도깨비 방송에 의하면 왜곡·날조된 소식으로 동쪽 도토리 나라를 비방하고 있습니다. 생쥐야말로 인간에게 가하는 극악 난폭한 짓거리로 도적질과 날치기를 일삼고 있습니다. 그들은 평화적 관계를 항시 깨뜨리고 호시탐탐 동침을 노리고 있습니다. 아무도 그들의 책동에 넘어가지 말기를 바랍니다.

이상 뉴스를 마치겠습니다. 여기는 도토리골 방송입니다.”

아저씨는 침을 꼴깍 삼키고는 입을 다물었습니다.

잠시 동안 조용하다가 건넌방에서 또 소리가 들렸습니다.

"소식을 전하겠습니다.

동쪽 도토리 나라에서 구백사 전투 훈련을 시작하였다고 합니다. 어떤 제국주의 침략자와 합동으로 서침을 노리는 자들이 야만적 군사훈련을 시작한 것입니다. 겉으로는 평화를 가장하는 그들은 악질적 제국주의 괴뢰입니다. 한 인간이 한 생쥐에게 가하는 침략적 훈련은 만천하가 지탄하는 바 그 미치광이 행동은 말로 다 표현하지 못합니다.

이상 소식을 마치겠습니다. 여기는 생쥐골 방송입니다."

아저씨는 또 참지 못하고 입을 열었습니다.

"뉴스를 말씀드리겠습니다.

서쪽 생쥐 나라는 육칠팔 공동성명을 망각하고 계속 도토리 나라를 비방하고 있습니다. 그들은 남이 깊은 잠에 들어 있는 한밤중에 느닷없이 전파 매체를 통하여 동쪽을 비방했습니다. 그들의 악랄한 수법이 이렇습니다. 상호 비방을 않기로 한 육칠팔 공동성명은 한낱 속임수에 불과했습니다.

이상 뉴스를 마치겠습니다. 여기는 도토리골 방송입니다."

건넌방 방송이 금방 이어졌습니다.

"소식을 전하겠습니다.

육칠팔 공동성명을 위반한 것은 서쪽 양파 대가리였습니다. 벌써 오래 전부터 다시 비방 방송을 퍼부어 온 양파 대가리는 육칠팔 공동성명이 발표된 이후 채 일 년도 되지 않아 또다시 대서 비방 방송을 하기 시작한 것입니다. 양파 대가리는 천인공노할 대역적입니다.

이상 소식을 마치겠습니다. 여기는 생쥐골 방송입니다."

"방금 들어온 뉴스를 말씀드리겠습니다.

무우씨만 한 알랑방귀 같은 서쪽 괴수놈은 계속 대동 비방 방송으로 헐뜯고 있습니다. 평화를 희망하는 전 세계 인류의 거룩한 뜻을 저버리고 밤이나 낮이나 전쟁 도발을 일삼는 생쥐골 괴수놈은 온 인류의 적임을 유똥 평화회의에서 대대적으로 규탄하고 나섰다고 합니다.

이상 임시 뉴스를 마치겠습니다. 여기는 도토리골 방송입니다."

"특보를 전하겠습니다.

아나모카의 한 소식통에 의하면 동쪽 양파 대가리 역적놈이 당춘장 독극물 공장에서 대량으로 극약을 구입해다 요소요소에 배치해 두었다고 합니다. 전 세계가 말만 공동 평화 유지를 위해 노력하는 이때, 동쪽 역적놈은 암암리에 전쟁 도발을 일삼고 있습니다.

이상 특보를 마치겠습니다. 여기는 생쥐골 방송입니다."

"뉴스를 말씀드리겠습니다. 북엘다솔리의 한 일간지에 의하면 서쪽 괴수 알랑방귀의 계속적인 군사훈련과 무기 생산에 생민이 생존마저 위협을 받고 있다고 합니다. 생민들은 하루하루 살아가기 위해 피죽도 한 그릇 제대로 못 먹고 어린 것들은 거미처럼 여위었다고 합니다. 생민의 피를 짜 내어 전쟁 도발을 일삼는 괴수 알랑방귀는 제

명에 죽지 못할 것입니다.

이상 뉴스를 마치겠습니다. 여기는 도토리골 방송입니다."

"급히 소식을 전하겠습니다. 동쪽 양파 대가리 역적놈들은 뉴스를 뒤죽박죽으로 하고 있습니다. 자기들이 하고 있는 만행을 서쪽 생쥐 골에다 뒤집어씌우려고 하고 있습니다. 동쪽의 민중들은 백 원짜리 라면조차 살 수 없어 굶주림에 허덕이고 있다고 합니다. 그들은 서쪽 생쥐골을 그리워하고 있다고 합니다. 동쪽 도토리골 한 소나무 밑 주민은 위대한 생쥐골의 훌륭한 업적을 기리는 축시를 써서 밤낮 읽고 있다고 합니다.

이상 급한 소식을 마치겠습니다. 여기는 생쥐골 방송입니다."

"뉴스를 말씀드리겠습니다. 서쪽 알랑방귀에서 생민들이 월동을 시도하고 있다고 합니다. 서쪽 알랑방귀 괴수의 전 지역에 화재가 발생하여 구백만 생민이 목숨을 잃고 이재민이 수천만에 이르렀다고 합니다. 이제야말로 서쪽 괴뢰 도당은 천벌을 받은 것입니다.

이상 이 시간 뉴스를 마치겠습니다. 여기는 도토리골 방송입니다."

"소식을 전하겠습니다. 도토리골 방송은 자다가 깼기 때문에 정말 뒤죽박죽으로 대서 방송을 하고 있습니다. 화재가 일어난 것은 생쥐 골이 아니라 동쪽 도토리골인 것이라야 맞습니다. 여태까지의 방송 내용을 분석해 보면 동쪽 도토리골에서 화재가 일어난 것으로 해야 맞습니다. 과연 동쪽 도토리골 전 지역에 일어난 화재로 이재민이 수천만 명이고 죽은 사람만 해도 수백만 명이나 됩니다. 가뜩이나 민생고에 시달리는 도토리골 인민을 위하여 위대한 서쪽 생쥐골에서는 이재민 구호물자를 보내기로 했습니다.

구호물자 내용은 다음과 같습니다. 강냉이 가루 구천만 섬, 흙가루 육천만 부대, 비단 팔억만 미터, 기타 치질약 등입니다. 도토리골 이재민을 위한 구호물자를 수락할 것을 날래 촉구합니다.

이상 소식을 마치겠습니다. 여기는 생쥐골 방송입니다."

"뉴스를 말씀드리겠습니다. 갑자기 시작한 방송이어서 깜빡 실수한 것을 인정합니다. 비록 도토리골 전 지역에 화재가 일어나 이재민이 생겼지만 우리는 사후 대책을 완벽하게 준비하고 있습니다. 그러나 우리는 평화적 대화를 계속하기 위해 서쪽 생쥐골에서 제시한 구호물자를 날래 수락하기로 하겠습니다. 다만 그들의 대동 선전에 말려들까 겁이 나니까 구호물자는 중만점까지만 수송해 주기 바랍니다.

이상 뉴스를 마치겠습니다. 여기는 도토리골 방송입니다."

"소식을 전하겠습니다. 위대한 생쥐골 생민들의 따뜻한 사랑이 담긴 구호물자가 중만점 사랑의 고개까지 도착했습니다. 길가에 몰려든 생민들은 동쪽 도토리골 인민들에게 전해질 구호물자를 실은 구루마가 지나가자 손뼉을 치면서 기뻐했습니다. 드디어 중만점에 도착한 우리의 구호물자가 동쪽 도토리골 인민들에게 전달되는 대역사적 과업이 수행되었습니다. 칠백 개 국 내외신 기자들이 이 감격적인 구호물자 전달을 취재하기 위하여 몰려들었습니다. 동쪽 도토리골 한 신문기자는 위대한 생쥐골 생민에게 감사하는 말을 수없이 되뇌이며 감격의 눈물을 흘렸습니다.

　이상 이 시간 소식을 마치겠습니다. 여기는 생쥐골 방송입니다.”

　“뉴스를 말씀드리겠습니다. 동쪽 생쥐골에서 구호물자가 도착했습니다. 그들이 구호물자를 싣고 온 구루마는 하도 낡아서 새로 뺑끼칠을 하느라 구호물자에까지 뺑끼 냄새가 지독하게 났습니다. 강냉이 가루는 갑자기 두 번 세 번 더 보드랍게 가느라고 애를 먹었고, 흙가루는 외국산 수입품을 긁어모으느라고 혼이 난 모양입니다. 그들이 보낸 비단은 걸레조차 만들어 쓸 수 없는 원시시대의 개가죽만도 못한 것이었습니다. 동쪽 도토리골에서는 이 구호물자를 받아 놓고 어떻게 처리할지 아주 난처한 입장입니다. 도토리골 한 주민은 비단 쪼가리를 어디에도 쓸 수 없어 걱정이 태산만 같다고 애원을 했습니다.

　이상 이 시간 뉴스를 마칩니다. 여기는 도토리골 방송입니다.”

　“소식을 전하겠습니다. 동쪽 도토리골 역적 괴뢰 도당은 성의껏 보낸 구호물자를 고맙다는 소리 한 마디 없이 신경질적으로 헐뜯고 있습니다. 이럴 줄 알았으면 주지 말 것을 괜히 줘 가지고 아까운 생각이 듭니다. 그러나 이젠 주어 버린 것이니 되찾을 수도 없고 그들의 처사가 얄밉기 그지없습니다. 이 양파 대가리 동괴를 전 세계 생민의 이름으로 규탄하는 바입니다.

　이상 이 시간 소식을 마치겠습니다. 여기는 생쥐골 방송입니다.”

　“뉴스를 말씀드리겠습니다. 서괴 알랑방귀가 구호물자 조금 줘 놓

고는 또 대동 비난을 시작했습니다. 참으로 상대할 수 없는 비열한 놈들입니다. 어쩔 수 없이 이쪽에서도 욕을 하지 않을 수 없게 되었습니다. 이 물에 빠진 생쥐야!

이상 이 시간 뉴스를 모두 마치겠습니다. 여기는 도토리골 방송입니다."

"소식을 전하겠습니다.

도토리골 늙은 총각은 이것이 방송이라는 것도 잊어버리고 대놓고 욕을 하기 시작했습니다. 그러니 이쪽에서도 가만 있지 않겠습니다. 이 늙은 양파 대가리 총각아!

이상 소식을 마치겠습니다 …."

"뭐야! 너 말 다 했니?!"

아저씨는 끝내 참지 못하고 고함을 질러 버렸습니다.

"남은 열심히 방송 연습하는데 아저씬 왜 그러셔요?"

생쥐는 시치미를 떼고 점잖게 말했습니다.

"어디 그게 방송 연습이냐? 일부러 그렇게 그런 방법으로 날 욕하려고 미리 계획해 놓고선 …."

"그럼, 아저씬 방송 연습이 아니고 진짜로 했다는 거예요?"

"……."

아저씨가 대답을 못하고 머뭇거리는데 책상 위 사발시계가 "따르르릉 …." 새벽 네 시를 알렸습니다.

아저씨는 허겁지겁 일어나 정신없이 옷을 주워 입고는 밖으로 나갔습니다. 너무 어두워서 더듬거리며 종각으로 가서 종을 치기 시작했습니다.

종을 칠 때만은 항상 깨끗한 마음으로 줄을 잡아당겼는데, 오늘 새벽은 화가 잔뜩 나서 갈팡질팡 팔을 움직였습니다. 백 번이 넘도록 줄을 잡아당기며 종에게 화풀이를 한 것입니다.

기도를 하고 방에 들어가니 희뿌옇게 밝아진 방 안 책상 밑에 생쥐가 앉아 있었습니다.

아저씨는 털썩 방바닥에 앉으며 째려보았습니다.

"나, 이젠 너하고 같이 못 살겠다. 그러니까 헤어지자."

"이혼하잔 말인가요?"

"우리가 어디 내외간이냐? 이혼을 하게 ⋯."

"헤어지자고 해서 물어봤잖아요. 나도 따로따로 살고 싶어요."

"그럼 됐으니 합의를 보자."

"합의를 어떻게 보는데요?"

생쥐는 벌써 입가에 장난기가 서리며 그렇게 물었습니다.

"니가 나가겠니? 내가 나가게 해 주겠니?"

"아저씨가 나가도록 해 드리겠어요."

"내가 지금 당장 어디로 나간단 말이냐?"

"그럼, 안 나가도록 해 드리겠어요."

"니가 이 집 주인이니? 나가라 안 나가라 하게."

생쥐는 얼른 도망칠 준비를 하고 나서,

"완전히 돌았다!"

그러고는 쏜살같이 문구멍으로 도망쳤습니다.

유언

예배당 앞 우차길로 아랫마을 당당골댁 할머니의 상여가 지나가고 난 사흘 뒤였습니다. 아직도 상두꾼들의 구슬픈 노랫소리가 귀에 쟁쟁 남아 있었습니다.

그날따라 아저씨는 일찍 불을 끄고 문틈으로 새어 들어온 달빛을 받으며 앉아 있었습니다. 벽에 기대어 앉은 몸이 시간이 지나면서 엉덩이가 미끄러져 점점 비스듬히 기울어졌다가는 드디어 그대로 옆으로 쭈그리고 누워 버렸습니다.

이불을 덮지도 않고 그대로 잠이 들어 버렸는지 조용하게 쪼그리고 누워 있습니다. 생쥐가 좀 이상하다 싶어 아저씨 코 밑까지 가서 숨소리를 들어 보았습니다. 콧구멍으로 바람이 들락날락하는 걸 보니 이상하지는 않았습니다.

생쥐는 아저씨의 눈을 들여다보았습니다.

"어머나! 아저씨 눈에 땀이 난다!"

무심결에 생쥐는 큰 소리로 그렇게 말했습니다.

아저씨가 누운 채 눈을 번쩍 떴습니다.

"그게 어디 땀이냐!?"

아저씨는 대뜸 화를 내었습니다.

"그럼, 뭐예요? 물방울이 흐르는걸요."

"눈에서 흐르는 물방울이 어떤 때 흐르는지 그것도 넌 모르니?"

"음 … 저어 … 더우니까 흐르는 거죠."

"……."

"아저씨, 많이 더워?"

아저씨는 몸을 뒤척거려 돌아누워 버렸습니다. 그러고는 막힌 코를 틔우느라 코를 찍 추슬렀습니다.

한참 뒤 조용해졌을 때, 생쥐가 등 뒤에서 말했습니다.

"저어 아저씨 … 이제 알았어요. 눈에서 땀이 흐를 때 어떻다는 것 말예요. 저어 나도 언젠가 눈에서 물이 나왔거든요. 막 가슴이 아프고 온통 텅텅 빈 것 같고, 그리고 이 세상에 아무도 없고 나 혼자만 있는 것 같고, 목 안이 찡하고, 또 머리 꼭대기까지 아득하고 …. 그럴 때 나도 눈에서 물이 나왔어요."

돌아누워 있던 아저씨가 꼼지락 움직였습니다.

"그래, 너도 눈에서 물이 나와 봤니?"

"예, 나와 봤어요. 지금도 그때를 생각하니까 … 아이구 또 나오려고 한다 ….”

아저씨가 얼른 몸을 뒤척이며 돌아누웠습니다. 그리고는 코앞에 앉아 있는 생쥐 눈을 자세히 들여다보았습니다.

"그지? 아저씨 … 덥지도 않은데 눈에서 땀이 난다. 흐흐흑 ….”

"그러니까 말이다 ….”

아저씨가 쭈그린 채 일어나 앉았습니다.

"… 이렇게 너하고 나하고 통하는구나.”

"예, 통해요. 아저씨 눈에서 땀이 나면 내 눈에도 땀이 나고, 아저씨가 혼자서 땅콩 까 먹으면 나도 먹고 싶어지고 ….”

"아니다. 그런 건 통하지 않아도 된다.”

"아무리 통하지 않으려고 해도 어쩔 수 없어요. 접때 아저씨 혼자 오징어 다리 씹어 먹을 때도 같이 먹고 싶어 이가 갈렸어요.”

"자꾸 그런 말 꺼내지 마라. 난 아무것도 기억 못한단다. 중요한 건 지금이란다.”

"그럼, 그렇게 하셔요. 지금 이렇게 두 사람의 눈에서 땀이 나고 있으니까요.”

"어디 두 사람이니?! 한 사람하고 한 생쥐하고지.”

"예, 고치겠어요. 한 생쥐하고 한 사람하고 눈에서 땀이 나고 있어요.”

"그러니까 말이다. 난 이 세상에 너 하나밖에 없단다.”

"저도 그래요. 이 세상에 아저씨 하나밖에 없어요. 그러니까 앞으로는 땅콩 같은 것 나눠 먹어요."

"또 그런 소릴 하는구나. 눈에서 땀이 날 때는 먹는 것은 생각하지 말아야 한다."

"알았어요. 되도록 먹는 것은 생각하지 않겠어요."

문틈으로 새어 들어오는 달빛이 점점 더 밝아졌습니다.

"저어, 난 너한테 한 가지 부탁이 있단다."

잠깐 입을 다물고 있다가 아저씨가 말했습니다.

"무슨 부탁인지 말씀해 보셔요."

"너도 알다시피 난 오래오래 아팠잖니?"

"알아요. 아저씬 그토록 혼자서만 먹어 대는데도 지겟작대기같이 말랐어요."

"혼자 먹는다고 마른 게 아니고 아파서 마른 거란다."

"그래요. 아파서 말랐어요."

"그러니 이 아저씨는 오늘 죽을지 내일 죽을지 밤에 죽을지 낮에 죽을지 모른단다."

"그건 아저씨만 그런 게 아니고 온 세상 사람들 모두 그래요."

"하지만 난 아주 절박한 위기에 놓여 있잖니?"

"맞았어요. 아주 급해요. 그러니까 뭐 먹을 게 있거든 꽁꽁 싸 놓지 말고 제발 나눠 먹어요."

"넌 왜 자꾸 그런 소리만 하니? 누가 들으면 내가 지독한 구두쇠

같이 보이잖니?"

"누가 듣는 데선 그런 말 안 하겠어요. 그러니까 무슨 부탁인지 얼른 말씀하셔요."

"이런 부탁은 좀 더 처량하게 해야 하는데, 네가 자꾸 먹는 소리만 하니까 감정이 잘 안 잡히잖니?"

"그럼 제가 다시 잡아 줄게요. 아저씨는 혼자서 의지할 데 없이 외로운 몸예요. 만날 아프고 한기가 나고 괴로워도 누가 따뜻한 물 한 그릇 끓여 줄 사람이 없어요. 불같이 열이 나도 머리에 손 한 번 얹어 주는 사람도 없고 걱정해 주는 사람도 없고 ….."

"그래, 그만하면 됐다. 그러니까 난 너 하나만 믿는다."

"거봐요, 얼마나 답답하길래 생쥐를 믿고 의지하려 하겠어요."

"답답하면 엄나무도 붙잡는단다."

"맞았어요. 아저씨가 바로 의지가지없는 그런 처지예요."

"그러니까 내가 만약 죽거든 말이다 …."

"예, 말씀하세요."

"죽거든 … 저어 … 어떻게 했으면 좋겠니?"

아저씨는 목이 메이는지 말을 더듬었습니다.

"상여에다 태워 가지고 산에 가서 묻으면 되잖아요?"

"넌 왜 그렇게 말을 쉽게 하니?"

"그럼 앞으로는 어렵게 할게요."

"저어 … 땅에다 묻으면 흙 속에 파묻혀 갑갑하지 않겠니?"

"갑갑하면 모가지는 밖으로 내놓고 묻으면 되잖아요?"

"죽은 사람 모가지를 밖에 내놓으면 어떻게 되니?"

"금방 땅속에 묻으면 갑갑하다 했잖아요?"

"그렇다고 모가지를 밖에다 내놓으면 묻으나마나잖니?"

"그럼, 어떻게 하라는 거예요?"

"한 가지 좋은 방법이 있는데 어렵단다."

아저씨는 은근히 말했습니다.

"그게 뭔데요?"

"할 수 있을까?"

"할 수 있어요. 이 세상에서 하나밖에 없는 아저씨의 상속자인데 어떤어떤 어려운 일이라도 해 드리겠어요."

"내가 언제 너보고 내 상속자라 했니?"

"아까 그랬잖아요? '너 하나만 믿는다. 그러니 부탁한다.' 그게 바로 상속자를 뜻하는 거잖아요."

"이제 보니 넌 엉큼하구나. 뭘 노리고 그러는 거니?"

"아이구 아니꼽다! 뭘 노릴 게 있다고 그러세요?"

"왜 없니? 이래도 냄비 세 개하고 숟가락도 다섯 개나 된다."

"그런 것 노려 가지고 내가 뭘 하는데요?"

"그럼 왜 상속자가 되고 싶어 하니?"

"있기는 한 가지 있어요."

"봐라, 이제야 실토하는구나. 어서 말해라."

"저어 … 쥐치포 싸 놓은 비닐 봉지가 갖고 싶어요."

"아이구, 그건 언제 찾아냈니?"

"돌아다니다 보니 있었지 일부러 찾지는 않았어요."

"그래, 내가 좀 먹고 반 마리만 너 물려줄게."

"됐어요. 아까 뭐 좋은 방법이란 건 뭐예요?"

"쥐치포 물려주는 값으로 들어주겠니?"

"그럼요, 친애하는 아저씨."

"저어 말야 ….."

아저씨는 눈을 반짝반짝거리며 잠시 입을 다물었습니다. 그러다가 살포시 눈을 감으면서 말을 이었습니다.

"… 몰약이라는 약이 있는데, 그걸 구해서 내가 죽거든 몸에 발라 아무도 없는 산골짜기 풀밭에다 조용히 누워 있게 해 다오."

흡사 시를 읊듯 말했기 때문에 아주 거룩했습니다.

"왜 몰약을 발라요?"

"그 약은 죽은 사람도 썩지 않고 영원히 살아 있는 모습으로 보존이 되거든."

"그래 풀밭에 누워 있으면 기분 좋겠군요."

"그렇지, 풀밭에는 꽃도 피고, 하늘을 쳐다보고 누워 있으면 푸른 하늘 위로 흰 구름이 흐르고 …."

"아저씨, 새도 날아다니고 산들바람도 불 거예요."

"산들바람이 불면 꽃향기가 함께 풍기고 …."

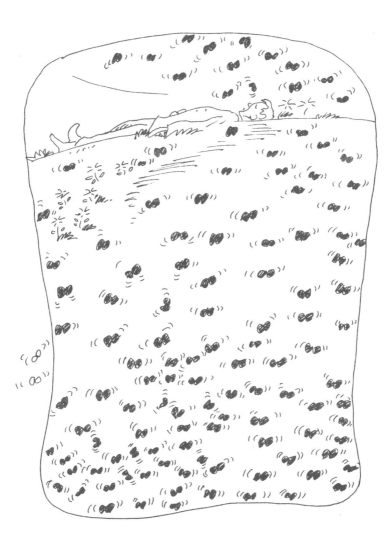

"나비도 날아올 거예요."

"그럼. 노랑나비, 흰나비, 빨간 나비, 보라색 나비, 뭐 온갖 나비가 다 날아와서 춤출 거야."

"거짓말 마세요. 빨간 나비, 보라색 나비, 그런 게 어디 있어요?"

"왜 없어, 얼마든지 있다."

"그럼, 검정 나비, 개똥 나비, 쥐똥 나비도 다 있겠네요?"

"그, 그런 건 모른다."

"뭐 이제 보니까 분수도 모르게 호강하려고 한다."

생쥐가 빈정거렸습니다.

"그게 어디 호강이니? 죽은 다음을 위해 마지막으로 내가 바라는 소원을 엄숙히 너한테 유언을 하고 있는데, 너는 내 마음을 몰라주는구나."

참말인지, 아저씨는 입술을 실룩이며 울상을 지었습니다.

"잘못했어요, 아저씨!"

생쥐도 재빨리 아저씨를 따라 얼굴을 일그러뜨렸습니다.

"아무리 가난하고 죄 많은 사람도 죽을 때 남긴 말은 들어주어야 한다."

"그래요. 아저씨가 말한 몰약이 어디서 파는 거예요?"

"그건 어디서 파는 게 아니고, 옛날 이집트에서 임금이 죽으면 발라 주던 약이란다."

"그럼, 그 약이 지금도 있어요?"

"아니야, 있다면 내가 무엇 때문에 이토록 슬퍼하며 울고 있겠니? 몰약은 지금 이 세상 어디에도 없단다."

아저씨는 한숨을 쉬었습니다.

"괜히 있지도 않은 몰약 가지고 울고 짜고 화내고 기분 내고 폼 재고 시간만 끌었잖아요."

생쥐가 힐끗 돌아다보니 책상 위 사발시계가 밤 열두 시를 지나고 있었습니다.

그러고 나서 한 주일이 지났습니다.

아저씨가 새벽기도를 마치고 방으로 들어오자 생쥐가 기다리고 있었습니다.

"아저씨, 아주아주 좋은 수가 생겼어요!"

"뭔데?!"

아저씨도 괜히 기분이 좋아서 모가지를 길게 내밀며 물었습니다.

"저번 때 유언했잖아요?"

"무슨 유언?"

"아이구! '내가 죽거든 몰약을 발라 산속 풀밭에다 눕혀 다오.' 그러고선 …."

"그건 뭐, 없었던 일로 끝냈잖니?"

"아녜요, 몰약이 있어요."

"뭐라고!?"

아저씨 눈알이 개구리 눈처럼 튀어나왔습니다. 너무나 놀라웠기 때문입니다.

"저어, 진짜는 몰약하고 비슷한 거예요."

"그래, 비슷한 거라도 어디 있다는 거니?"

"쥐치포 반 마리 준다는 것 약속 지키면 가르쳐 드릴게요."

"내가 언제 거짓말하더냐. 진짜는 옹근 거로 다 줄게."

"여기."

생쥐는 뒤에 감춰 뒀던 조그만 약병 하나를 내밀었습니다.

"에그이그 … 이게 어디 몰약이니? 차멀미 날 때 마시는 물약이지, 물약!"

아저씨는 코가 삐딱해지도록 화를 내었습니다.

"비슷한 거라 미리 그랬잖아요?"

"어디 그게 비슷하니?"

"물약하고 몰약하고 안 비슷하단 말예요? 점 한 개 내려왔을 뿐인데요."

"……."

아저씨 얼굴이 우그렁바가지처럼 쭈그러졌습니다.

꽃이 되어나고 있어요

아저씨, 이 편지가 캄캄한 밤중에 배달되었으면 참 좋겠습니다. 귀신이 보내는 편지니까 밤중에 받으면 무척 무서울 것입니다.

나, 생쥐는 죽어서도 아저씨를 잊지 못해 이렇게 처음이자 마지막인 편지를 써서 띄웁니다. 그래서 마지막으로 아저씨를 한 번 혼내 주고 싶지만, 집배원이 밤중에 편지를 배달해 주지는 않을 것입니다.

아저씨, 난 이젠 그냥 생쥐가 아니고 생쥐 귀신입니다. 그러니까 더 당당하고 야무지게 말을 해야 귀신 체면이 서지 않겠습니까?

내가 아프기 시작한 것은 겨울이 다 지나고 예배당 울타리의 개나리가 한창 봉오리질 무렵이었지요. 아저씨가 만날 찡그리며 아프다고 할 때마다 엄살을 부린다고 생각했어요. 나는 그때까지 아프다는 게 대체 어떤 건지 눈곱만치도 몰랐으니까요.

그런데 내가 그만 아파 버린 것입니다. 아저씨가 아픈 걸 비웃은 게 잘못이었나 보지요. 그래서 벌을 받은 것입니다.

내가 아픈 것이 아저씨가 아픈 것하고 많이 닮았었습니다. 열이 45도까지 오르고 춥고 온몸이 쑤시고 아팠습니다. 그래서 나는 아저씨 이불 속에 들어가 웅크리고 있었습니다.

그래도 자꾸 추웠습니다. 하도 춥고 아파서 견딜 수 없어 그만 이불 껍데기를 꽉 물고 있었습니다.

아저씨 이불에 구멍을 뚫어 버려 죄송합니다. 뭐, 아저씨도 언젠가 아플 때 이를 뿌드득뿌드득 갈지 않았습니까.

뭘 먹으려 해도 되지 않았습니다. 아저씨네 쌀자루에 내가 구멍을 뚫어 놓은 건 미안하지만 어쩔 수 없지 않습니까. 보리쌀자루하고 쌀자루가 나란히 있어도 나는 언제나 쌀자루에만 구멍을 뚫었습니다. 보지 않고도 나는 쌀과 보리쌀을 용케 골라내었습니다.

그런데 아프니까 보리쌀이고 쌀이고 아무것도 먹고 싶은 생각이 없었습니다. 자꾸 웅크리고만 있었지요.

닷새 동안 아무것도 먹지 않고 앓기만 했습니다. 그러다가 가슴이 터질 것 같아졌습니다. 웅크리고만 있다가 그때는 이리 갔다가 저리 갔다가 했습니다. 마지막엔 숨이 꽉 막혀 옆으로 넘어졌습니다. 그것이 끝이었습니다.

아저씨, 그동안 아저씨하고 많이 싸웠지요? 아마 사람이나 생쥐나

살아 있는 동안 싸움하는 것이 아주 중요한 것 같습니다.

달리기 선수는 어떻게든지 앞서 가려고 싸우고, 권투 선수는 상대방을 넘어뜨리려고 싸웁니다. 벌들은 먹을 꿀을 많이 가지려고 싸우고, 꽃은 서로 아름다우려고 싸우고, 나무는 햇빛을 더 많이 쬐려고 싸웁니다. 이 세상엔 싸우지 않는 것은 아무것도 없어요.

아저씨, 그런데 내가 죽으니까 금방 싸움을 그쳐 버렸어요. 죽는다는 건 싸움을 그치는 것이라고 말하면 더 정확할 것입니다.

나는 숨도 못 쉬고, 손도 못 움직이고, 발도 못 움직이고 말았어요. 그냥 가만히 옆으로 넘어진 채 있었습니다.

아저씨는 말썽꾸러기가 죽었으니까 한편으로는 속시원하고 한편으로는 조금 안됐다 싶었을 거예요. 그래서 내가 넘어져 꼼짝 않고 있으니까 한 번 건드려 보고는 아무 말도 않고 그냥 뒀지요. 냉큼 내다 버리기가 미안했을 것입니다. 그래서 나는 건넌방 방바닥에 나둥그러진 채로 한 주간이나 있었어요.

예배당 여자 집사님 한 분이 건넌방에 방석을 들여놓기 위해 들어오다가 죽어 있는 생쥐를 봤습니다. 그 여자 집사님은 "아이구! 생쥐 죽은 걸 그냥 뒀네!" 하면서 종이 나부랑이로 내 몸뚱이를 싸 잡고는 훌쩍 내던졌습니다.

내가 휭 날아와서 떨어진 곳은 길 건너 사과나무밭이었어요. 갑자기 눈부신 햇빛이 온몸을 비췄습니다.

진짜는 눈이 부셨다는 건 거짓말입니다. 죽은 게 뭐 눈이 부신지

알게 뭡니까. 다만 눈부신 햇빛이 생쥐 몸뚱이를 비추니까 자꾸 몸이 망가지기 시작했어요.

생쥐 어머니가 생쥐를 배었을 때, 햇볕을 쬐고 바람을 마시고, 이 것저것 먹으니까 한 마리의 생쥐가 만들어진 거지요. 그게 어머니 배 속에서 밖으로 나와 괜히 헐떡거리며 싸우다가 숨이 딱 멈추니까, 이젠 산산이 부서지기 시작한 겁니다.

생쥐의 본래 모습으로 되돌아가는 거지요. 바람이었던 것은 바람으로 돌아가고, 물이었던 것은 물로 돌아가고, 흙이었던 것은 흙으로 돌아가는 것입니다.

아저씨는 날보고 쬐끄맣다느니 까분다느니 했지만 작거나 크거나 그런 건 아무래도 괜찮답니다. 사람이건 생쥐건 늑대건 호랑이건 모양만 다르지 모두 한가지랍니다. 추우면 웅크리고 따뜻한 곳을 찾고, 배고프면 먹을 것을 찾아다니고, 날씨가 따뜻하면 사랑을 찾아 노래하지요.

화가 나면 으르렁거리고, 위험이 닥치면 도망치고 숨고, 막다른 곳에 다다르면 싸우기도 합니다. 그렇게 해서 살아가는 것이 모든 목숨들의 운명이고 의무입니다.

하늘을 쳐다보고, 산을 쳐다보고 아름답다 느끼시지만, 그 아름다움 속에는 많은 슬픈 일들이 숨어 있답니다. 그러니까 가장 아름다운 것은 가장 슬픈 것이라 해도 되겠지요.

그런데 아저씨, 사람들은 다른 게 있어요. 사람들은 똑똑해서 그런지 어리석어서 그런지 싸움을 해도 쓸데없이 싸우고 있어요.

우리들, 짐승들은 그러지 않아요. 새들도 나비들도 딱정벌레도 기를 써 가면서 긁어모으지 않거든요. 하루하루 먹을 것만 있으면 혼자 차지하거나 움켜쥐고 있지 않습니다.

우리들은 이 세상의 모든 것은 모두가 나눠서 먹고 입고 즐기며 살아야 하는 것을 잘 알고 있답니다. 그래서 하루 먹을 것만 먹고, 입을 것만 입으면 되는 거지요. 하니까 우리들은 가난하지 않아요. 모두가 부자예요.

우리들은 그렇게 슬픔을 줄이고 있어요. 이 세상엔 어떤 사상이나 철학도 완전한 것 없어요. 다만 슬픔을 줄이기 위해 욕심을 부리지 않는 거지요.

아저씨, 사람들은 거지가 있고 왕이 있고 양반이 있고 상놈이 있고, 왜 그렇게 아래위가 복잡한 거예요? 복잡한 건 모두가 가짜랍니다. 속이기 위해 일부러 이렇게 저렇게 눈가리개를 만드는 거죠. 참 뻔뻔스러워요.

놀고먹는 사람이 있는가 하면 평생 일을 해도 굶주리는 사람이 있잖아요. 벼슬이라는 건 놀고먹는 수단예요. 정직하게 말하면 도둑놈이랍니다. 어떻게 하면 백성들의 피와 살을 더 많이 짜내나 그것만 궁리하고 있으니까요.

가장 편하게 놀고먹는 사람이 가장 많이 차지하는 것이 벼슬한다는 거예요. 그리고 가장 힘들고 고된 일을 하는 백성은 가장 적은 것으로 헐벗고 굶주리고 있지 않습니까?

저 높은 곳에서 저 아래 밑바닥까지 한 줄로 세워 보세요. 그래도 부끄럽지 않으세요?

아저씨는 예수쟁이라서 착한 체하지만 진짜 예수쟁이 노릇 하시려거든 착한 체하지만 말고 한번 눈을 딱 부릅떠 보시라구요. 진짜 쟁이는 무엇인가 쓸모 있는 것을 만드는 사람예요.

그런데 예수쟁이는 예수를 팔고 있어요. 예수 팔아먹고 사는 게 바로 예수쟁이가 된 거지요.

아저씨, 땜장이는 땜질을 하고, 삿갓장이는 삿갓을 만들고, 침쟁이는 침놓는 사람을 말하잖아요? 그러니까 예수쟁이는 예수를 만들어야 해요. 2천 년 전 유다 나라의 예수 같은 예수를 만드는 거죠. 아저씨 자신을 예수로 만들라는 거예요. 그게 바로 예수쟁이예요.

예수쟁이는 모두가 예수가 되는 것뿐, 다른 그 무엇도 덧붙여서는 안 됩니다. 그냥 예수이면 되는 거지, 목사 · 장로 · 집사 · 권사 · 전도사 …. 아이구 흉측해라! 그래 목사 · 장로 · 집사 · 권사 다 되고 누가 오늘의 예수가 되어 십자가를 지겠다는 겁니까?

예수 팔아서 부자 되고 벼슬 자리에 앉고, 예수 팔아서 나으리가 되고 폼 재고, 그게 오늘의 예수쟁이들입니다. 목숨을 소중히 여기라 가르치고 배우면서, 목숨을 쓰레기 더미에다 처박기를 예사로 하는 것이 예수쟁이입니다.

이득에만 혈안이 되다 보니 하느님을 아주 돈쟁이 사장처럼 만들어 버렸습니다. 예수쟁이들은 되로 주고 말로 받기를 좋아합니다. 칭찬받기 좋아하고, 아첨하기 좋아하고, 뻐기고, 재고, 업신여기고, 인정머리도 없고, 꾸미기를 연극배우처럼 잘합니다.

아저씨, 너무 흉을 봐서 죄송합니다. 생쥐가 죽어 귀신이 되니까 아주 간덩이가 부었나 봅니다. 아니면 귀신이어서 겁날 것도 거슬릴 것도 없어졌기 때문입니다.

아저씨, 내가 지금 누워 있는 곳은 과수원 가장자리 탱자나무 울타리 옆이어요. 내 몸뚱이는 찌그러지고 망가져서 눈도 코도 입도 아주 보기가 싫지요. 내리쬐는 햇볕이 자꾸만 생쥐 형체를 망가뜨리고 있어요. 누구라도 죽으면 다 그런 거죠.

그래서 언젠가 아저씨는 망가지지 않는 약이 있으면 죽은 몸뚱이에 발랐으면 좋겠다 했지만, 역시 죽은 건 망가져야 해요. 망가져서 산산이 흩어져야죠.

아주아주 흩어져 없어져야 해요.

보기 좋은 건 모습이 없는 거예요. 귀신이 만약 모습을 가지고 있다면 끔찍하지 뭡니까.

아저씨, 본향으로 돌아간다는 말은 본래 모습대로 돌아간단 뜻일 겝니다. 본래 모습은, 나는 바람이었고 흙이었고 물이었어요. 그러니까 지금 산산이 부서져 흙이 되고 물이 되고 바람이 되는 거예요.

생쥐가 돌아갈 고향은 바로 그런 거랍니다. 얼마나 자유로워요. 바람이 되어 씽씽 날기도 하고, 산들산들 춤추기도 하고, 물이 되어 강물따라 흐르기도 하고, 빗방울이 되어 꽃잎에 내리고, 겨울에는 얼어서 눈이 되어 솜털처럼 내리고, 참 아름답지요?

아저씨, 이번 여름 뜨락에 해바라기라도 한 포기 심으셔요. 그러면 내가 빗방울이 되어 그 해바라기 잎사귀에 내릴게요.

사람들이 아무리 이웃을 사랑한다 하지만 그건 어림없는 말예요. 그 누가 이웃의 고통을 덜어 주고 슬픔을 덜어 줄 수 있겠습니까? 사랑이란 말만큼 헛된 것도 없을 거예요. 정직하라 하지만 사람은 아무도 정직할 수 없어요. 정직하지 못한 사람이 어떻게 이웃을 참되게 사랑하겠어요.

사람들은 그만큼 무능하고 어리석었답니다.

한 그릇의 밥을 나눠 먹었다고 대단하게 생각하지만, 그건 자연 속의 모든 목숨들의 기본 되는 질서랍니다. 함께 사는 것은 사람만 빼놓고 모든 동식물이 이행하고 있는 참모습이지요.

세상의 자선가들은 가난한 이들에게서 긁어모았다가 극히 부스러기를 나누어 주면서 뽐내는 이중 도둑입니다.

아저씨, 아저씨도 어서 죽으셔요.

그래서 나하고 함께 바람도 되고 구름도 되고 빗방울도 되어 함께 춤추고 놀아요. 가 보고 싶은 산 너머 마을도 가 보고, 시원한 태평양 바다에도 함께 가요.

아저씨네 어머니도 아버지도, 바람이 되어 날아다니고 있어요.

아저씨, 내가 이 편지 쓰고 있는 지금도 아저씨는 머리가 아프고 가슴이 울렁거리고 어깻죽지가 무너지듯하고 숨이 차겠지요.

내가 없으니 아저씨는 정말 혼자가 되었군요.

아저씨, 앞으로 언제까지 그렇게 고통을 견딜 거예요?

아저씨, 난 이렇게 죽어서 편한데 왠지 아저씨가 걱정이 되어요.

아저씨, 그런데 ….

산산이 망가지고 부서지는 생쥐 곁에, … 꽃이 피어나고 있거든요. 아주 조그만 꽃다지가 노랗게 피어나고 있어요. 죽어서 망가지고 있는 덩어리 곁에 노란 꽃다지가 피어나고 있어요.

아저씨 ….

꽃이 피어나고 있어요 ….